我那如此美好的小山村

陆程科 著

宁波出版社

图书在版编目（CIP）数据

我那如此美好的小山村 / 陆程科著. —宁波：宁波出版社，2024.4
 ISBN 978-7-5526-5211-6

Ⅰ.①我… Ⅱ.①陆… Ⅲ.①散文集－中国－当代 Ⅳ.①I267

中国国家版本馆CIP数据核字（2023）第230683号

Wo Na Ruci Meihao De Xiaoshancun
我那如此美好的小山村

陆程科 著

出版发行 宁波出版社
　　　　　　宁波市甬江大道1号宁波书城8号楼6楼　315040
　　　　　　编辑部电话 0574-87341015
责任编辑 晏　洋
责任校对 孙秀秀
责任印制 陈　钰
封面设计 马　力
开　本 889mm×1194mm　1/32
印　张 6.25
插　页 4
字　数 150千
印　刷 宁波白云印刷有限公司
版　次 2024年4月第1版
印　次 2024年4月第1次印刷
标准书号 ISBN 978-7-5526-5211-6
定　价 48.00元

版权所有，翻版必究
如发现缺页或倒装，影响阅读，请与出版社联系。调换电话：0574-87248279

● 十五岙村掠影

十五岙村全貌

十五岙村馒头山茶园

我那如此美好的小山村

远眺十五岙村

全国重点文物保护单位黄宗羲墓

向　往

　　如果说二十世纪七十年代初余姚市农村的面貌像一张暗黄模糊的黑白照片，那么农村生活就是照片里的"噪点"与"划痕"，记录着姚江儿女耕耘在希望田野上的镜头，留下了操持"柴米油盐"的真实印迹。从某种层面讲，我们的生活总是和自我的意愿及现实擦肩而过。那时候，大多数农民以农业劳动为生，他们奔走在姚江两岸广袤的田野和巍巍的大山间。春播夏种，秋收冬藏，收获着四季的喜悦。

　　我的老家十五岙也不例外，村民们终年侍弄着那些山间和地头的作物。这个拥有三百多户人家一千余人的小村庄缱绻在八百里四明山支脉的化安山下，偏安于山清水秀的红色革命老区陆埠一隅——这里曾是三五支队隐蔽战线联络处。

农村接地气,农民最真实。在长达八百多年的建村史中,这里的人们靠勤劳的双手创造生活,唯有传承良好的家风以润泽后裔,敦促子弟勤奋读书以走出大山。从1481年至1566年,十五岙走出了父子四进士,他们分别是陆渊、陆相、陆栋、陆輈,为十五岙村的历史文脉燃起一炷浓浓书香。

这是一部讲述十五岙村面貌与村民生活发生巨大变化的文学作品。通过观察村民的言行举止、居住环境、生活习惯,以及穿着打扮,洞察他们的精神状态。

我们继而用长焦镜头拓宽视野,放远焦距,照亮前程。改革的浩荡春风,踏着激越的脚步从远古走来,从浩渺的晨炊里走来,催人奋进。筚路蓝缕,栉风沐雨,我们抬头望见远方星光闪亮,向我们招手示意。星光不负赶路人。那张连接过去和未来的老照片已经褪色,沾满了汗渍,变得更加模糊,亘古不变的唯有十五岙人自强不息、不屈不挠的奋斗精神和孜孜不倦、努力求索的山民本色。

幸福是奋斗出来的。我时常感慨祖辈为我们创造生活、开辟村庄的智慧,那骨子里头勤劳善良、朴实真挚、和谐包容的品性时时感动着我,感染着我,激励着我。于是,我踌躇满志、用力下笔,一定要用文字深情记录村里的人和事。虽然,除了这本书中写的村里的人和事，还有许多不为人知，更精彩或更值得津津乐道的故事我没来得及挖掘，但可以说，这绝对是十五否村精彩蝶变的一个缩影。

看着这张模糊的老照片，我的内心充满了欣喜与激动，村民们灿烂的笑容就是最真实的表达。今年是新中国成立七十五周年，也是实现"十四五"规划目标任务的关键之年，出版这部作品显得尤为重要，且具有极大意义。"木欣欣以向荣，泉涓涓而始流"，让幸福之花开遍十五否的每寸土地。是为序！

陆程科

于丹桂飘香时

目 录

卖柴枝	1
一把没有扣子的伞	5
记忆中的电视机	9
母亲的扁担	13
一张老照片	17
断　电	21
小作坊的交响曲	25
"凤凰"	30
剡湖古村	34
村　校	37
蜡纸试卷	42
蛇头山茶园	45

土　灶	49
卖公粮	53
爷爷的"厢式货车"	58
半瓶胶水	63
双　潭	66
晒　场	69
大会堂	73
村　路	77
化安山	80
电工阿文	83
抢抛梁馒头	86
地　标	90
爆米花	95
菜　场	98
两篮杨梅	101
奶奶的铜火熜	104
乘　凉	108
古祠新韵	112
尘封的弄堂	115
移　位	119
厨师陆鎏奇	123
老　屋	129

一把木杆秤……………………………… 133
理　发…………………………………… 136
修车铺…………………………………… 139
黑　板…………………………………… 143
双扇大门………………………………… 147
西　瓜…………………………………… 150
去下洋门看船…………………………… 154
轧　谷…………………………………… 157
谷　柜…………………………………… 161
暖手炉…………………………………… 164
棉鞋与陀螺……………………………… 167
报　答…………………………………… 170
陆程洢的初心…………………………… 173
小黄叔叔………………………………… 177
"玖月婚礼"……………………………… 180
春江水暖鸭先知………………………… 184

后　记…………………………………… 187

卖柴枝

二十世纪七十年代,农村以"队"为基础,实行三级核算的农村农业经营模式,村民们以集体劳动为主。我父母都是勤快人,不管是育种、插秧、割稻、耕田、耙地,还是采茶、担粪、养猪、割草、挑柴,都是一把好手。但那时候,一个壮劳力一年到头累死累活也只能挣得少量的"工分"(生产队的工分每十分工计约一元钱。运一车柴枝由生产队记工分十分,额外人工补贴每人两角),能吃饱肚子已是一件很了不起的事。

为了改善生活,贴补家用,父亲把开山种茶树整理下来的柴根、竹蕋头用手拉车运到余姚农药厂"赚脚钿"。从十五岙到余姚,那段路可不好走啊!沿山简易公路,石子铺的路面坑坑洼洼,晴天泥灰滚滚,雨天泥浆溅身。夜里,路边没有灯,狭长的路两旁竹枝和树干挡住夜空仅有的光亮,这时候走路更是深一脚浅一脚,越是爬岭过岗越觉得艰难。在流沙堆上行走,一用力脚下石子就会移动,一步一个脚印地走,不但吃力,还很危险。

寒冬时节,天下着稀稀拉拉的雪,西北风裹挟着整个村子。凌晨三点,村子里黑魆魆的一片,静得能听见心跳声。

"该起床了",父亲睁开疲惫的眼,从竹榻床上起来,嘟囔着对母亲说:"早点动身,你带上手电筒。"

"我去蒸点冷饭头。"母亲穿衣下床,迅速添柴点火,准备一日吃食,土灶的灶膛里火苗舔舐着锅底发出"噼噼啪啪"的声响。

出发前,父亲把装满柴枝的车紧了又紧。两手扶着车把,把拴在手拉车铁脚上的麻绳斜系在肩膀上当背带。母亲在车前打着手电筒,肩膀上同样系着柴绳当纤拉。借着手电筒散出的微弱的光,母亲的后一脚是父亲的前一脚,一前一后一柴车,像蚂蚁爬行,晃晃悠悠。车轮在坑坑洼洼的石子路上颠簸不堪,父亲生怕手拉车摇晃过猛导致柴枝掉落,他双眼直直地盯着路面,遇见坑便放慢车速,先把车轮缓缓地滑入坑内,再加倍使出力气,把车轮拉出坑。二十多里路,数以万计的坑考验着父亲的耐力,他拉一阵便要歇一会儿。

一路上父亲"呼哧呼哧"喘着粗气,喁喁地对母亲说:"这样的生活什么时候到头啊?"

母亲也叹息命苦,叹了一口气说:"我们靠力气吃饭,跟土地打交道,苦点累点算啥,只要能多挣几块钱。"

父亲听了她的这番话,长长地舒了一口气,感觉浑身又有劲了,自言自语地说:"是啊,好日子还在后头呢!"

母亲加快了脚步。风更大了,雪也下得更紧了。当父母趔趔趄趄拉着车子艰难地走到有一段陡坡路的卧龙岭时,雪下得让人几乎看不清路。路边野草也被雪埋了,让人辨不清方向。车轮开始打滑,父亲也筋疲力尽。卧龙岭今天显得尤其陡峭,父亲只是吃力而机械地挪动着两条打战的腿,一步步在雪地上爬蜒。快到岭顶时,可能是父亲想到翻过这个岭就轻松了,心情急切,一时用力过猛,在那一瞬间,系在背上的一根背带"啪"地断开了,车把手朝天,车尾着地,车上的柴枝倒翻了一地,他自己一个踉跄,也险些摔个嘴啃泥。母亲见状,慌忙扔下手电筒,使出吃奶的力气,双手撑起车把,稳稳固定住了朝天翘着的车子,一旦滑坡就更危险了。她苦恼地看着一地的柴枝,泪水像连线的珠子般不住地往下流。父亲则像一个断了藤蔓的嫩南瓜,蹲在满是积雪的石块上丧气地抽起了烟。在母亲的再三催促下,父亲才找来石头垫在车轮下,整理好之后再出发。到了余姚南门头,天已蒙蒙亮,雪渐渐停了,供销社、杂货铺陆续营业,一切都显得如此平静。当父亲颤颤巍巍地把卖掉柴枝得来的几块钱递给母亲时,母亲的眼里含满了泪水,说不出一句话。

然而父亲苦笑着说:"要是每天能赚介多钱就好了,但是我们是交钱记工的。"

一把没有扣子的伞

伞是最普通不过的生活用品,它不仅可以挡雨,还可以遮阳防晒。这个在日常生活中无足轻重的用品,在我心中却永远占着一个重要的位置。

这把伞是母亲的陪嫁品,两折的伞,黑色的确良布伞面,锈迹斑驳的白色的钢质伞柄上挂了一个塑料圈。撑开时,还需要用点力。由于主杆生锈,敲开伞时还得小心。有时还要用手搭一把,因为不知支架与伞面布上的塑料扣眼是否脱节。每天清晨,在我背着书包出门上学前,母亲会雷打不动地叮嘱我:"带上伞,万一下雨。"因为母亲要上班,遇到下雨天,没法给我送雨具。她懂得未雨绸缪。我常常倔强地摇摇手,嫌弃母亲的唠叨和带伞的不便。那时母亲会把伞硬塞进我的书包里。

一天傍晚,乌云密布,雷声隆隆,一下子,天犹如拉上了黑布。教室里很暗,都打开了电灯。就在放学前五分钟,下起了大雨,屋檐水接连不断打下来。学校路面有些积水,我没带伞,举着书包跑回家,已然成了"落汤鸡"。

吃一堑长一智,不听大人言,吃亏在眼前。自食苦果之后,我几乎天天带上这把伞。母亲看到我听话了,很高兴,为了便于识别,防止拿错,她还在伞面一角绣上了我的名字。

雨伞虽老旧,但母亲十分爱惜。这一次,母亲让我带上伞后,又在我口袋里塞了一根小手指长短、光滑圆润、上头略尖的小棒。

我说:"这小棒有啥用啊?"

母亲说:"小棒用来撑伞。"

正当我犹豫不决时,母亲从书包里拿出雨伞,给我做起了示范。原来这把老伞,用的时间长了,扣子掉了,不能自动固定伞形,要用这根小棒来固定。

我很苦恼,也感到羞涩。想想周围同学的伞,有五颜六色的儿童专用伞,有画着米奇图案的长柄伞,甚至有带自动开关的折伞,心里顿时生出一股失落感,有了不想带这把破伞去上学的念头。经过母亲再三劝说,我硬着头皮把伞带到学校,从书包里偷偷地拿出来放到课桌抽屉里,生怕被同桌发现。一旦被发现,在教室里传开,一定会被同学们笑话——孩子总有那份天真。我天天带伞,天天在口袋里藏着那根无人知晓的"撑伞神器",仿佛上学前要戴红领巾一样,棒不离身。

天有不测风云,江南时晴时雨,放学时逢下雨是常有的事。一遇天下雨,我就急切地走出教室看看雨情,定夺是撑伞还是疾步走回家。一天,雨下得大了,我只得拿出那把在我心中不存好感的伞。就在撑开这把没有扣子的伞之前,我摸着左边的口袋,准备掏那根小木棒,可它犹如变了戏法,不见踪影。我急了,摸遍了衣服、裤子的所有口袋,就是没有小木棒。这可怎么办?是淋雨回家,还是与同学拼伞?天越来越黑,同学们一个个都回家了。我背起书包,走出教室,撑开雨伞,缩短伞柄,用手紧紧攥住雨伞扣眼处,吃力地蜷缩着身子,一路小跑回家。到家后,由于身子佝偻向前倾,导致背上的书包淋湿了,紧贴书包外侧的书本也湿了。我一脸的伤心和委屈,向父母倒苦水,仿佛雨水故意冲着我的旧伞来。父母见了我也只是苦笑。母亲不停地安慰我,还让我回忆小木棒会不会落在教室里的课桌下。后来,父亲则动起了脑筋——固定扣子。父亲找来一根旧电线,截出小木棒长短,箍成椭圆形,用细线将其拴在伞的骨架上。撑开时把电线插入扣眼处即可,这样电线也不会随意弄丢了。

这时,我对这把伞已经反感,或者说是嫌弃,但它仍旧伴随我,仿佛与我连在一起,形影不离。有一次,上语文课时,外面突然灰云如铅,天空昏暗,窗外下起了大雨。下课后,班主任徐老师要回办公室,途中有一段是露天走廊,她又没有带伞,于是把目光转向坐在第一排的我,向我借伞。我心里既害羞,又胆怯。害羞于这把破伞露出真面目出洋相,换来同学们的嘲笑;胆怯的是必须向老师说明撑开雨伞的方法。但我又很想在班主任面前表现一番,我的心里感到非常矛盾而又不是滋味。最终,我还是唯唯诺诺地把放在课桌里的雨伞递给了徐老师,并紧随其后走出教室门,红着脸给徐老师解说如何撑伞和"注意事项"。老师笑着点点头,连声说:"好!好!"

　　后来,在思想品德课上,徐老师以这把伞为由头,给我们上了一课,向全班同学表扬了我和我的父母。她教育我们勤俭节约是中华民族的传统美德,让我们提高动手能力,尊重每一项劳动成果。此时,全班同学的目光齐刷刷地转向我,聚在我身上。我脸红了,低下了头,内疚感与自豪感交织在我心里。这学期结束后,班主任徐老师在我的成绩报告单上写了很多评语,更多地表扬了我勤俭节约、艰苦朴素、做事仔细,还嘱咐我把这种好习惯坚持下去。

　　从此,我再也没有向父母抱怨这把没有扣子的伞,反而更爱惜这把伞了。

记忆中的电视机

七岁那年,当家里说起要买一台电视机时,我别提有多高兴了。

那时,村里有电视机的人家不多,住在桃园岭新村的村民都是为了改善居住条件,从旧村中心地段搬迁进来的,有电视机的屈指可数。1989年,我五叔结婚时,婶婶的嫁妆里有一台熊猫牌彩色电视机,我很羡慕。夏天,吃完晚饭,我就往五叔家道地跑去,抢好位置,一边乘凉,一边看电视。刚看到电视机里的画面时,我觉得很奇怪,小小的玻璃箱里藏着那么多东西,里面还坐了那么多人,而且很宽敞,一点也不拥挤。

记忆中,播放频率最高的是电视剧《雪山飞狐》,每次播放这个电视剧时，小小的电视机前坐满了人。

大人津津有味，小孩子似懂非懂。大人喜欢相互交流对电视剧片段的猜想，小孩则模仿电视里人物的动作和声音。电视机前一片热闹。我心想，家里要是有一台电视机该多好啊！那就可以经常观看动画片了。于是，我多次跟父母说起要买电视机的事。

1991年过年前，父亲托远房堂姑婆以厂家直销的方式买了一台17英寸的"金利普"牌黑白电视机，内部价七百元。当时堂姑婆家生产加工电视机零配件，与电视机厂有业务来往，因此购买电视机比较方便，且价格优惠。

电视机是立式的，左边是喇叭，右边是调节频道和音量的旋转开关，底部分别排列着五六个按钮，调节亮度和对比度。父亲把本不宽敞的房间整理出一块地方专门摆放电视机。

黑白电视机图像模糊，电视信号靠户外接入。长大了才明白电视机里的画面都靠毛竹竿子上的天线接收信号后输送进来，故父亲总是极力摇摆毛竹竿子来稳住画面。

那时候，电视节目频道只有固定的几个，大多以新闻为主。由于信号弱，往往会出现画面时有时无、细纹波动、杂音不断等情况，看得人眼睛疲劳。于是，父亲会跑出家门，捧着竹竿转圈。有时架梯爬上去直接拨动天线杆，确保图像清晰。父亲在屋外呼,我在屋内应。我观察电视机图像,他调整竹竿撑起的天线。确定一个频道,再转入另一个频道。我估计周围的邻居都听得见我俩的喊叫。父亲耐心,他不厌其烦地转动着竹竿,嘴里还不停地喊着:"清晰吗?""画面是否有雪花斑"? 我却不耐烦与父亲应答了,转身倒了一杯水喝了起来,滋润一下喊得干哑的嗓子。父亲稳稳地控制住天线,直到电视画面清晰。说起来,父亲总是很自豪,仿佛全世界的动态都会体现在我家那个黑白电视机屏幕上。

电视机是稀罕物,放在缝纫机台板上,本来不宽敞的房间显得更拥挤了。母亲十分细心,找来一卷绳线,用钩针织出方形布盖在电视机上。父亲用红绿标签贴在电视机的旋钮上,区分调频键和调音键。

一到晚上,我们会坐在床沿准时收看《新闻联播》《军事报道》等。如果想要换频道,还得起床手动旋转按钮方可。于是我们往往只看电视连续剧,这样省得频繁调频道,尤其在冬天。

后来,电视机成了我暑假里的"玩宠"。暑假一到,窗外太阳高照,知了声刺耳,电视剧《西游记》成了暑假里的精神食粮。每当中饭后,我就掐着时间点坐在电视机前,静等"师徒四人"的出现。同龄的陆志军、邻居袁裕裕偶尔也会从后门跑进来和我一起观看。

这台"金利普"牌电视机陪伴了我八年,直到我们2000年搬入甬梁线南首的村联建房后才淡出了我的视线,取而代之的是彩色的液晶电视机。

母亲的扁担

扁担与锄头、铁耙一起倚靠在木摇门的后面,它们像从战场上下来的战士,静静地躺在一边,修身养性。

这根扁担是由父亲从离村庄很远的"坐车岗"拣来的檀树木精心制作而成,中间宽,两头窄,两头还插着两根竹销当作扁担肩,仿佛老人的一口牙中只剩两颗。扁担看上去泛着亮光,摸上去光滑硬朗。它已经有五十多年了,为我家立下了汗马功劳。

每每看到这根扁担,总会想起母亲与扁担的一些往事。她常常说:"干农活,少不了扁担。在农家,扁担随处可见。"的确,那时的扁担好比现代人出门时随身携带的拎包,农村人干农活、挑东西、抬重物都离不开它。

母亲见了这根扁担,感叹时光流逝,岁月如梭,思绪万千。恍若用扁担干农活的场景还在眼前。

母亲个子高挑,身材匀称,手脚有力,按农村人的话说,是干农活的一把好手。她骨子里透着一种不服输的特质,仿佛与她的生肖"牛"有关。生产队里的农活她样样拿得起,做得开。无论种田割稻、挑肥担草,还是上山砍柴,她都能干在前头,挑分量最重的担,年终评工分次次能得妇女劳力中的标准分。

母亲说,一次生产队里挑青松毛,崎岖陡峭的山路杂草丛生。天还没亮,她早早地起床了,准备好简单的吃食,借着天空中鱼肚白的一点光亮,腰系刀笼箅,肩背柴绳和扁担就上山了。母亲往往会第一个到达目的地。

母亲还会用扁担探路。由于山路陡峭,路不平,有的路段杂草竹梢覆盖,让人分不清是路是沟。这时,她会将扁担从肩上滑落,伸进杂草堆,扒开杂草探探深浅,同时也驱走蛇虫。山陡路窄,扁担先行,扁担仿佛是母亲的"保镖",让她可以大胆地向前行,她的行进速度也快了。

上山后,砍好青松毛,母亲整理好后系好柴绳,插好扁担,掂量掂量两边重量,确认是否相等。做完这些后,母亲已是满头大汗,她用手肘擦了擦汗,稍作休息,接着起身,自言自语道:"早点动身,还能赶上吃早饭。"于是,待查看扁担两头已经系好的柴绳圈后,母亲半蹲着,右肩伸向扁担,让肩膀紧贴着扁担,然后,十分吃力地把身子直了起来。上山容易,下山难。挑着重担下山,路不好走啊,刚起步,一步一晃,仿佛双脚在打战。由于青松毛水分没有晒干,比燥松毛分量要重很多。母亲还是咬着牙稳稳地挑着青松毛往山下走去。从大岙山里挑到装船埠头,走了十多公里。当司称员告知这担青松毛两百斤时,在场的村民都惊叹不已。女劳力挑两百斤?从大岙山里挑到白鹤桥猪洞浦河埠头?是的,司称员没有看错,母亲也的确没有说谎,这担青松毛确实是她自己从山上挑下来的,中途只休息过一次。母亲后来说,当时自己听到这个数,思忖这担青松毛,要是她再挑一次是挑不起来的。女人家咋挑得动这么重的呢?

母亲还说,这根扁担不但在山里、田里派上大用处,还经常出入城镇、店堂。换灰、挑肥、挑菜、挑煤饼。有一次去陆埠集镇上的生产资料商店挑氨水,一队妇女十多人,穿着平时舍不得穿的"见人"的衣裳,换上平时很少穿的鞋子,随身带上大包小袋,浩浩荡荡地去陆埠集镇的街上买鞋袜、布料,顺便买些要吃的时令"和饭"。那时挑氨水被人戏称是"半嬉半做"的工种,空担去镇上,满担挑回家。逛完街后,女人们各自把一担料桶装满了氨水。回来的路上,有个妇女起步挑担前没有仔细检查扁担与桶绳的位置,在一座小石桥上换肩时,扁担脱离了桶绳,

"砰"的一声响,桶底脱落,氨水倒翻,溅了一身,而且气味刺鼻。她急忙跑到小河边,捋了一把水擦擦脸,拿起扁担就往家里跑。挑着重担,脚底打滑,扁担老旧断裂,这是常有的事情。所以扁担使用起来看似简单,但要用得灵活与安全也有大学问。

  扁担不仅能挑重物,还可替代抬杠抬重物,又能在干活之余当座椅。累了想歇歇时,把扁担放在两边至高的石头块或者泥土堆上当凳子坐。又或者将扁担竖靠在墙根、凉亭墙壁,人倚靠在扁担上,单脚蜷缩起来,稍作休息。夏收夏种农忙季节,田间劳动者的衣服常被汗湿,有些等着急穿的围裙便被人们放在扁担上晾晒。据说,穿了在扁担上晒干的衣服不会生痱子。

  在手拉肩挑的年代里,农家把扁担当作宝贝。扁担是干农活时必不可少的农具之一,轧谷、挑米,挑起家庭琐事。母亲曾灵活使用这根扁担,用它分担了许多重力运输活。母亲对家里的这根扁担有着深厚的感情,现在虽然不用这根扁担了,但还保留着。扁担陪伴母亲十多年,在挑起农活的重担时,也挑起了生活的希望。

一张老照片

我在报纸上读到一则征集老照片的报道，触动了我的记忆神经，脑海里首先出现的是那张照片。虽然照片很普通，但我对这张照片却有特别深刻的记忆。

看到征集令后的一个周末，我驱车回到老家，做的第一件事就是寻找老照片。在老屋角落一口三斗桌的抽屉里，翻出了有些年份、但保存得较好的照片集。看着一张张泛黄的老照片，我不禁回忆起儿时生活，重温起难忘岁月。

当我看到这张照片时，我的目光久久不肯离开。就是这张三十多年前的老照片，让我思绪万千，回味无穷，勾起我对童年时光与童趣的美好回忆。这张照片背后还有一个关于我父母与摄影师信任与否的故事。

这是一张单人彩色照片，画面中一个小男孩手捏蕉藕花，穿着灯芯绒夹克外套，眯着眼睛站在村庄南首的高坎上。这是我五岁那年母亲花钱请人拍的照片。

那是一个收割晚稻的季节。母亲在家附近的晒谷场翻摊谷子，与晒场头的邻居估摸着当年的收成。这时，远处走来了一位头戴鸭舌帽，国字脸形，一脸和气的中年人。他左肩上背着相机，东看看西问问，时而拿起相机聚焦取景，时而与迎面相遇的村民笑眯眯地打招呼。看他如此装扮和肩上背着的一副行头，村民们揣测，这人八九不离十是下乡拍照来的。

那时候，拍照也是一个稀有行当，除了办证等需要，平常拍照片的人不多，照相行业生意时好时坏，所以有些摄影师傅常常趁店里生意清淡，骑着自行车走村串户，为人拍照，方便群众，也是生财之道。正当母亲和邻居议论时，背着相机的中年人走近晒谷场，问是否有人要拍照相，二寸照每张5元，方便实惠。我母亲说："孩子5岁了，拍照不多，留一张也好。"

于是，母亲放下了翻谷耙，掸掸身上的灰尘，转身回到家里，抱上我拍照去。当时的我，从出生以来，只拍过两张照片，一张是出生满月后，一张是三岁时拍的黑白照。母亲生怕摄影师傅等得太久，影响他回程，一把抱起我急切地一路小跑着往回赶。

村庄南面是一大片农田，除了种植水稻，就是种旱季作物和瓜果薯类，一条由东往西不长的高坎把农田分割成南与北。高坎两边种满了蕉藕，这个时节，黄里透红、红中映紫的蕉藕花，犹如一支支彩色的蜡烛点缀在油绿的蕉叶丛中，艳丽极了。拍照取景就在高坎上，以高坎南面的农田为背景，四周的蕉藕树与水杉树为衬托。母亲说，看他拍照的姿势，眯着一只眼，半蹲着，双手紧握相机，聚精会神地选景、对焦、按下快门，是那样娴熟专业。我站在高坎沿上，面朝北，神情严肃，不知道拍照是怎么一回事，似乎有点胆怯。为了修饰画面，在师傅的指导下，母亲拗了一朵蕉藕花让我捏在手上。很快，摄影师傅按下快门，画面定格在 1989 年 11 月。

拍照后，母亲支付了五元拍照费，告诉师傅这里的"地头脚印"（联系方式）。师傅用笔认真地把联系方式记录在笔记簿里，太阳西下，他赶路回店里去了，母亲也忙着收谷去了。

离拍照已经过去五天了，但照片杳无音讯。母亲一天天地想兹念兹，还一脸后悔，怪当时没留下对方的电话号码或者照相店的地址，还猜疑那天照相机里有没有装胶卷，拍照取景只是装装样子的，怀疑是被骗了。思前忖后，一遍遍还原那天拍照的情景。当天看到摄影师傅的一位邻居说，师傅是忠厚老实人，不会做欺骗人的事。有人说，是否忘记了地址而寄错地方了。父亲则说，再等等吧，或许照片还没有印出来。各种猜疑，众说纷纭。

一星期后，还是没有回信，母亲这下彻底死心了，不再想着那天拍照的事，吹灭了最后一丁点的希望之光。在父亲的安慰下，母亲把拍照的事遗忘在未知的空洞里，生活仍然有序忙碌。

准备不再念及的第二天，母亲的念想犹如必然降临的夜色，如约而至。母亲去溪东浣衣，经过"上小店"，这是一家位于村庄南面的小店，且靠近村校，周围的居民都称"上小店"。小店生意好，进进出出人很多，书报、杂志、信件、包裹都放在这片店里。小店主人小金见我母亲路过，急忙跨过门叫住了母亲说："阿科姆妈，有一封今天早晨刚到的信。"说完，小金将拿在手里的信递给了我母亲。还说，今早邮递员特意叮嘱他，这封信是从宁波寄过来的啊！

母亲接过黄色的信封，恍惚得像一场梦，连说谢谢，欣喜不已。还没来得及拆信，就确定里面装的是那张照片。可能是由于导出胶卷、底片冲洗的程序烦琐，耗时长，再加上跑的村庄也多，秋天要拍照的人也多，寄出时间便耽误了，今天凌晨才送到陆埠邮局。回家后，拆开看，果然是那张我捏着蕉藕花的照片，一家人传递着看照片，高兴了好长时间，不时夸赞这位师傅的技术和诚信。

断　电

夜晚,我看着电视,荧屏里一闪一闪频繁地换着人物。正当我看得专注时,突然,荧屏内热热闹闹的人群没了影儿,屋内一片漆黑,像隆重的舞会一下子谢了幕。父亲说,断电了。随之周围也传来邻居"断电了"的呼声。

母亲把藏在床底下的煤油灯小心捧出,用嘴吹吹灯罩上的灰尘后,轻轻挑拨着灯芯。在床底,煤油灯躺了不知多久,几乎被遗忘了。这时候,仿佛翻出了一段陈旧的记忆和往事。

记忆里的煤油灯是这样的:圆形的玻璃底座与中间油壶连在一起,金属的灯头呈圆弧形,灯带伸至油壶,一头露出灯芯,犹如鸭舌头。套上头窄腹宽的玻璃灯罩,便是一个完整的"亮灯盏"了。

那时候，虽然每家每户都亮起了电灯，但煤油灯仍被保留着，以备不时之需。

不是因为家用电器增多，也不是村庄里用电量剧增，但老村里的变压器一直跳闸，且往往在傍晚或夜里断电，这给我们的生活带来极大不便。有时，正在吃晚饭，突然停电了，那只能靠那只小小的煤油灯了。这时母亲便会从床底下小心捧出煤油灯，划亮火柴后，点燃煤油灯。饭桌上便会出现一道橘红色的光，忽明忽暗，灯芯处发出"哧哧哧"的声音，空气里也飘着煤油燃烧的气味。这着实会使我高兴一阵子，否则饭真的要吃进鼻子里去了。我有时还担心，煤油燃尽后就不能发光了。但父亲为了光线稳定，便把煤油灯放在桌子最里面避风处，还在底下再垫上反扣着的碗，用来抬高灯盏，尽量发挥微弱的光的作用。待吃完饭，就立刻把它吹灭了。

照明是用二相电，灯光是橘黄色。那时的电灯开关是拉绳。木质底座，胶木盖头固定在高高的廊柱上，一根长长的尼龙绳连着开关盒内芯的弹簧片。有的拉线分两档，有的分三档，一档稍暗，二档较亮，三档亮得发白。断电后，往往在煤油灯点燃的那一刻，我们已经忘了是否拉了开关，要判断来电与否，只能靠再拉开关试。

断　电

　　晚上八点左右，我老远看到邻居们的灶间、堂前，或后半间都亮起了昏黄的灯光，便告诉父亲电来了。父亲示意我拉一下开关，亲自验证村变压器是否送电了。于是，我站在灶间的廊柱旁，抬头望着灯泡，拉了一下尼龙绳，没亮。父亲说再拉一下，我便应声马上去拉灯绳，突然一道亮得发白的光在我眼前闪过，紧接着周围一片漆黑，犹如屋内划过一道白炽的闪电。父亲失望地说，哎呀，开关拉得过快，电压高过灯泡负荷，烧坏了。父亲接着说，你娘，点起煤油灯，找一下灯熄了的原因。母亲继续点燃，端着煤油灯走到电灯下，只见灯泡内犹如撒了淡淡的石灰粉，"廿"字形的钨丝像穿着的背心滑落了一肩，原来钨丝打落了。"真相水落石出，这断丝好办！"父亲胸有成竹地说。

　　说完，父亲拿来椅子，站在上面，手捂灯泡，轻轻地旋转螺纹口，灯泡与灯座分离了。他借着微弱的煤油灯光，进行灯泡搭丝。东转西转，360度打圈，钨丝在玻璃内一点都不听话，就是不往搭丝处连接。这时，父亲额头已经冒出了汗珠，母亲拿着煤油灯纹丝不动，生怕抖动煤油灯会晃动灯光，影响父亲搭丝。但父亲没有了耐心，嘴里自言自语着："这次要破费了，看来要买一个新的。"又不甘心，他还是尝试着修复灯泡钨丝，抹了一把汗，手捏着灯泡，将其悬在空中，保持同一姿势，缓缓且匀速地转圈。"搭上了，搭上了！"父亲高兴极了，像给远方的老亲戚接通了电话似的,有道不尽的喜悦。说这句话的时候,离他的失望不知过了多少分钟。

父亲又示意我拉两次开关,然后,他拿着电笔在灯座内测了一下通电情况,确定电源处于关闭状态后,便旋上了灯泡,再让我拉一下开关,屋里瞬间亮了起来,母亲忙又吹灭了煤油灯。父亲说,搭丝灯虽亮,但寿命不长。我也不知道其中的原因。

那时,村里断电是常有的事。现在不管走在霓虹灯闪烁的大街,还是身居五光十色的摩天大楼,我始终有着对煤油灯的怀念与珍爱,这也让我深知父母的能干与勤俭。

小作坊的交响曲

1993年初春,在承包田里精耕细作,连一根稗草都不放过的袁家章,在自家堂前用两块五孔板搭起了机床座架,添了两台"金火"牌五金仪表车、一台砂轮机、一台钻床、一张钳桌。麻雀虽小,五脏齐全,袁家章办起了五金加工小作坊。

一开始,袁家章到十五里路外的丈亭镇,用手拉车装了三百斤原材料钢筋。他早早起床,准备麻袋、绳子,给手拉车的轮胎充满气,到拉丝厂装车。袁家章小心翼翼地把钢材用麻袋裹住,为了防止滑落,用绳子紧了又紧。不巧的是,半路轮胎被铁屑扎破,前不着村后不着店,袁家章只好卸下部分钢材,拆下车轮,背到集镇上的修车行补胎。一个来回,紧赶慢赶一个多钟头，到家已经是晌午，虽辛苦，但总算采购到了原材料。

那时候，汽车、摩托车的配件螺丝和螺帽销售正旺，是市场需求量大、结构单一、生产技术难度系数相对较低的产品之一。袁家章头脑活络，到处打听发财之路。不知是从哪里听来的消息，附近望石坑村汽摩配件已形成市场，绍兴诸暨的店口已成为汽车摩托车配件的集散地，那里有广阔的市场前景。于是，袁家章开始"两手抓"，既不误农事，又专心办厂做五金加工。白天下料、钻孔、攻牙、切槽、平头，把加工好的产品用人力三轮车拉到电镀厂进行镀锌，晚上把镀好的产品装入编织袋，第二天一早搭乘"三卡"到诸暨店口上门散卖。到了那里，人生地不熟，十分艰辛。他背着沉重的螺丝和螺帽挨家挨户上门论行情、卖产品。有时，还会遭到挑三拣四的店口老板的嫌弃。

有一次，凌晨四点，借着微弱的路灯，袁家章背着螺丝、螺帽到诸暨店口售卖。"三卡"车摇摇晃晃地到了诸暨店口时，天已大亮，那里的早餐店已经关了灯，巷子里飘来豆浆香味，停车场上人声鼎沸，热闹非凡。像往常一样，袁家章在早餐店随便吃了几个包子，就去"三卡"停放地卸货。他爬上三卡，把上百斤螺丝一袋一袋地卸下来。卸到一半时，由于一路颠簸，有一个编织袋破了一个口子,螺丝撒了一地。已汗流浃背的他要赶时间,想在要货人没有售卖之前送到,只好忙乱地捡拾起产品,装入备用袋里。东边太阳渐渐升高,已到日上三竿,点点阳光洒向堆在一旁的产品,他擦了擦额头上的汗珠,用尽吃奶的力气直起身子继续背着产品上门兜售。

时间已过晌午,人已精疲力竭,拼车同来的人的产品已卖得差不多了,袁家章还有一袋产品无人问津。在诸暨有个名叫阿义的老板,经营各类汽车、摩托车零配件,人称螺丝、螺帽"大王",在诸暨店口是出了名的。常常听人说,有卖不掉的产品都找他。他销量大,有稳定的"河北佬"汽摩配件购销商。于是,袁家章上门去了阿义家里,他说:"阿义老板,最后一袋,帮忙收下吧。"阿义神情严肃地瞥了他一眼,听口音知道是余姚山区来的,看产品是小作坊生产的,他干脆直接地说:"价格降一点,我收。"话音刚落,谁知,后脚又有人踏进阿义老板家门。这是个中年男子,他满头大汗,心急火燎的样子,看来也是为购销产品而来。他既掏香烟又说好话,急着把产品转手,说脱手后要赶班车回程。阿义若有所思地说:"收下,价钿随行就市比昨天低。""他的货量比我大,看样子又是熟人。"袁家章暗想。这笔交易很快达成,产品就放在了仓库门口。阿义笑眯眯地不仅没有验货,还邀请那位男子坐下一起喝茶。

见阿义冷落自己这个陌生人,袁家章心想,闯市场难啊!但他没有灰心,把"心爱"的产品放在一边,等待时机再向阿义老板去说。当"河北佬"谈妥价钿,细算好款项后,阿义老板见袁家章还等在旁边,便豪气地对他说:"后生,我们的价格你也听到了,同样这个价格好哦,我收下!"

跟着市场导向走,汽车、摩托车进军国内各大市场,汽摩配件产品需求量大,袁家章几年下来,在自己小作坊和诸暨店口来来回回奔波,虽然辛苦,但也赚了几个苦铜钿。利润虽薄,但也积累了经验、技术。靠力气"吃饭",袁家章将作坊式五金厂经营得有声有色,淘到了第一桶金。这种承包田不荒废,自己还办厂当小老板的感觉甚好。不久,他与老婆商量再增加几台仪表车床,招了几名工人,做大产量,增加产品种类。

有了第一家,就少不了第二家第三家。周围邻居、他的发小、好友,纷纷仿效,该村雨后春笋般冒出几十家"五金厂"。或利用众家堂前,或利用废弃杂物间,或改造破旧猪舍,全村掀起了一股"农民一夜变工人"的热潮。有闲散人员办厂的,有工余时间回家帮工的,有上年纪了放下铁耙也搭把手的。家家户户、屋里屋外都堆着钢材、螺丝、螺帽,村前村后都有五金的痕迹。世代与土地打交道的农民有不怕苦、不怕累的精神,起早贪黑摸着十分陌生的工厂的行当。

为了扩大业务，拓展销售业务量，山村上空响起的"吱吱嘎嘎"的机器声成了美妙动听的"交响曲"。最多时该村有百十家(户)做五金加工，一些年轻胆大的村民也开始闯向更大更远的市场。

"凤凰"

结婚是人生中的一件大事,总要备几件贵重的物品。二十世纪八十年代初,年轻人结婚时髦的是三大件:自行车、缝纫机、录音机。"三大件"之首就是自行车,那时候,家里有一辆自行车算得上不缺"三大件"的家庭。

忆及往事,父亲有一辆"凤凰"牌自行车,26寸,包链的,有三角挡。镀锌的右边把手安装着一个车铃,前刹后刹都是用手制动,后挡泥板上有"凤凰"字样和凤凰图案。由于母亲家里兄弟姐妹多,负担重,置办一辆自行车也得省吃俭用。听隔壁国财大伯讲,当时我妈因为嫁妆中有一辆"小凤凰"自行车,是出尽了风头的。

我小的时候,父亲在离家两公里的镇上上班,这辆自行车成了父亲上下班的重要交通工具,它伴随父亲出行多年。父亲十分爱惜这辆自行车,我们常看到他擦拭这辆车。他还给自行车坐垫制作了"帽子"——帆布套,一则保护塑料坐垫不被风吹雨打,再则坐上去屁股不再感到生硬。为有效防止雨天泥尘溅身,他又给自行车前后轮的挡泥板延接了橡胶挡板。

每天清晨,父亲扛起自行车跨过石门槛,出家门骑上车,迎着熹微天光,精神饱满地开启新一天的工作。那时候,路上的汽车、行人少,他骑出东山亭,翻越元宝岭,便到了离集镇不远的桥西村了。这时镇上人来人往,人们早早地去市场领市面,讲行情。遇到市肆,熙熙攘攘,人更多了,父亲按了按车把上的铃,铃声在嘈杂声中显得异常清脆,可前面拥挤的人群丝毫不见松动。他只好跨下车,双手扶着车把推行过市。碰到熟人,父亲会主动打声招呼,过了拥挤路段,才又上车直向单位骑去。

自行车把父亲送到单位,又陪伴父亲走东到西。因为父亲的工作是去农家、赶店面,直接与农户、小店摊主打交道,所以自行车特别有用场。大街小巷、村边小道都可以通过,提高了出行效率,方便了他的工作。这辆自行车对于父亲来说,是密不可分的"伙伴"。

过年过节,自行车更能派上大用场。父亲去镇上赶集,张罗年货、蔬菜、粮油都依靠自行车运输，不论严寒酷暑，还是风雨交织，自行车总能为父亲分担那一份辛劳。那一年，陆埠通往余姚的高速公路还没通车，甬梁线上还没有城乡公交，父亲准备骑自行车带我去余姚逛街买东西。父亲先在自行车三角挡上固定了一个三角形的铁座椅，又在车把手两边系上尼龙绳。于是，我坐在三角椅上，双脚搁在尼龙绳上，就这样跟着父亲骑车去余姚。我们沿着崎岖小路，翻过高速公路路基，穿过桥洞，经过隧道。由于长时间把脚搁在尼龙绳上，我的脚会麻，父亲会时不时地跟我说："放松脚，脚麻，就滑落绳子，荡一会儿。"我却始终保持这个姿势，生怕晃动影响父亲骑车安全。我们骑一程，歇一会儿。父亲告诉我建造高速公路的成本与作用，高速公路是通往远方的致富路……看着一座座粗壮结实的桥墩，两人多高的路基，甚至还有劈山架桥，我惊叹不已，想象着建成通车后的繁忙景象。我天真地想："到了那时，我们的自行车也能上高速，像汽车一样快，那该多好啊！"

　　风雨无阻，骑车前行。下雨了，父亲拿出自行车后座"书包架"上夹着的雨衣，穿上雨衣继续前行。天晴了，父亲会给自行车做一次保养，在链条上涂点油，或给自行车脚踏板紧一紧螺丝，或给轮胎加加气。父亲总是对自行车关爱有加，他在家里备齐了修车的工具，黏胶、补丁片、锉刀，胎破了，自己补；半路上掉链子了,他掀开包链板,自己上链,回家后涂点润滑油。有时为了节约补胎成本,他找来破旧的车胎皮,剪成合适大小,贴在破针眼处。自行车脏了,他从坐垫下拿出一块抹布擦拭。父亲常说:"这辆自行车为我分担了很多力气活,要好好地待它。"休息天,母亲也会骑上自行车去邻村白鹤桥她大姐姐家,帮忙种田、割稻,或者聊事情。

  岁月的年轮随着车轮渐渐逝去光华,父亲老了,也退休了。说起自行车,他记忆犹新,感叹时代变迁,大家的生活面貌焕然一新。小汽车已进入家家户户,属于自行车的时代已经远去。

剡湖古村

十五岙村是一个有着一千多人口的古村落,隶属陆埠镇。它镶嵌在八百里峰峦叠翠的四明山支脉化安山下。巍巍青山苍翠葱茏,山溪淙淙流经村庄,这个有着八百多年历史的古村流传着这样一段民谣:"狮子白象守门口,金龟银蛇隔溪兜,龙虎关进门里头。"有人称这里为"风水宝地",村里几棵三百多年的香枫、古樟树可以为证。

十五岙村被一条大溪分为东西两个片区,以甬梁线南的入口为岙口,岙口两边的山分别为东狮子山与西白象山。进村不远处乌龟山与蛇山之间隔着溪流,村庄的西南又有两山对峙,东老虎山,西长龙山静静躺着,真可谓藏龙卧虎之地。因此十五岙的自然环境、地理风貌都附着生动、灵气、威武、勇敢之意。

我在这个村里生活了二十八年，村庄给了我童年成长的自信与执着。那里的一山一水，一草一木，乡里乡亲，都令我感到十分熟悉亲切。无论是剡湖古庙、龙眼江井潭，还是化安双瀑、龙虎草堂、黄梨洲墓景区，都是我小时候常去的地方。

陆埠镇内号称有七十二个岙，但与十五岙毫无相干。余姚城出东门，宁波城出西门，甬梁线弯弯曲曲，百十余里山岙无数，但与十五岙也无关联。十五岙神秘、幽雅、特殊，常常让人浮想联翩。其名字的真正由来，《蓝溪流翠映陆埠》一书中有记载：明黄尊素忠端公在两游剡湖中写道："唐诗'为爱名山入剡中'者此也。吾邑之东南有剡湖。"明朝名官谢文正也有评述："邑治之东南曰通德乡，迤逦而上，大山之麓，环拱周匝，溪流汩汩有声，下通于江，山水所汇，停而为湖。以其景物之胜似剡溪（这里剡溪指的是浙江嵊州剡溪）也。"因此，人们把十五岙山溪水汇集成的湖称剡湖。后来，又结合村庄的独特形状，称之为剡湖岙。再后来，谐音为十五岙。

村庄三面环山，北面是一望无际的田野，阡陌纵横。那时候，村民以经营农田、种植水稻为生，山上有毛竹、油茶、杉木基地、茶叶农林等。自从周边村庄有村民零星开始生产五金产品后，触动了村里一些农户的灵感。从此，在自家的堂前或旧舍里架起了五金车床，机器声响彻村庄上空。后来，随着乡村农旅不断兴起，村里陆陆续续办起了农家乐餐饮，前来旅游观光的人络绎不绝。

这几年，我走在乡间的弄堂小路上，一张张陌生的脸在我眼前闪过。我叫不出他们的名字，他们也不认识我，但和善的笑脸和质朴的眼神，总能给我一份温暖与感动。那些陌生的脸，也为我们的家园增添了热闹与欢欣。

在村里来自五湖四海的新余姚人，他们背井离乡，在第二故乡就业生活，为了更好的生活努力打拼。人气旺了，村庄区域面积不断扩大，像村口的大樟树一样枝繁叶茂。不安于现状的村民走出村门在外创业，把当地产品销往省外，真正走出了村庄，走出了国门。

村　校

1985年深秋，村口三百年的枫香树落叶纷飞，清澈的溪水流经十五岙村大溪，汇入东绕河后奔向远方。

清晨，秋阳还没越过村南面大馒山半个山头，人们在睡梦中刚刚醒来。村里开进了一支施工队，挖掘机、拖拉机、混凝土搅拌机……还有一个个戴着黄色安全帽的工人师傅扛着铁棍，背着电缆，在村里搭建起了一间间简易工棚。村民们猜测又是谁要把这块"风水宝地"移作他用，这块土地涉及农户数十家，既有承包田，又有部分自留地，土地使用性质和权限复杂。而且，这块土地肥沃，种作出产好，宜水、宜旱作，自流灌溉工夫省，种植的农作物品种繁多，况且离秋季收获时间还远。又因这块土地离村庄近，水陆十分便捷，靠东边是平缓的山坡，南面是魏家村水稻田，西面大溪直泻东绕河，北面又是大队一畈良田，山绕水环。附近再没有这样的好地块了。

村民们都好奇地走出家门到工地附近看个究竟。有人说，这里不能办企业、建厂房；又有人说，这里不能圈地搞种养业；土地承包人说，我不同意把这块土地让出来。大家议论纷纷，好像对这块土地有特别的感情和留恋。当听说村里要建新学校，选址在水碓堰坝东南的陆家山脚临溪靠山的位置时，许多人都说好，以后小孩读书有着落了。正在上学的孩子们说，以后我们有新校舍了。村民们你一言，我一语，都说办学校好，把这个喜讯传遍了整个村庄。

爱乡楷模陆章铨先生回馈桑梓，要建学校的消息被村民们奔走相告。这个有着三百多户村民的村庄，还有魏家、庙后、孙郎埠、白鹤桥等周边自然村一千多户，都没有一所像样的学校。虽然有完小村校，但教室是用竹椽子、竹横条搭建的简陋的泥地房子。遇到雨天还会漏水，操场一片泥泞，苦煞了孩子们。低矮的房子光线差、透风、噪声大，村民早有微词。老辈人在老祖宗祠堂读书，对于在危房里读书心有余悸。到现在，村里还是没有改变学校破旧不堪的状况。从镇上来该村落户结婚生子的阿芳婶说："我在镇上读书的环境要好过这里，若我们的孩子再到这里读书,实在是不放心,有一所新学校是村民的期盼。"

乡村发展,教育优先。镇、村和教育主管部门十分重视这个造福子孙后代的工程,由陆章铨先生牵头,与市教委、市侨办等领导察看校址,最后在陆埠镇十五岙村选择了这块前有小溪、后有青山的"风水宝地"。陆章铨先生出巨资一百多万元,并委托专业设计单位进行整体规划设计,要建造一所六年制村校。

学校动工在即,村民显示出极大的热情,去支持、帮助工程建设。村里把唯一的一幢二层楼腾出,楼下作施工人员住宿和堆放水泥、钢筋用,用水用电给予优先。有涉及的土地承包户,及早收获农作物,清空土地。有的户主不计较土地面积多少,有的甚至还放弃青苗补偿费,表示要以建校为重,施工为先。

"轰隆隆,轰隆隆",随着打桩机的一声声巨响,村东面,临溪靠山的一块空地上搭起了脚手架,围起了砖头墙,场地上一派繁忙景象。父亲说:"消息传来的几天里,你母亲抱着你,激动得好几夜没睡好。"

春去秋来,寒来暑往。经过八个多月的施工,校园初具规模。教育楼、大礼堂、音乐楼、幼儿园楼、生活附属楼以及操场、篮球场、跳远沙场、花坛园艺一应俱全。学校以陆章铨先生的父亲之名陆孝友命名,为"孝友小学"。学校坐落在青山绿水之间,现代化建筑气派、醒目,校园内绿树成荫,鸟语花香,学校大门还连着一座钢筋混凝土浇筑的高大水泥桥,是一所豪华的花园式学校,号称"浙东一流"。优美的校园环境常引得过路人驻足观望,或带着照相机在这里拍照留念。五岁那年,我有幸站在学校门口的桥上拍了一张照片。

丹桂飘香,菊影摇曳,村民一夜之间从短袖换成了长袖,有些村民还穿上了薄外套。在季节交替的九月,十五奋村孝友小学开学了,崭新的校园迎来了第一批上学的孩子。天真无邪的孩子们,背着布包,挂着红领巾,迫不及待地跨过小沟,走过田塍,爬过高坎,高兴地朝学校方向奔去。校园里传来的琅琅读书声,是那样清透,让人充满希望。

六岁时,我进入了学校上幼儿园,离开了母亲怀抱,解放了母亲的双手。母亲老早想改变灶头烧饭、埠头洗刷、全职带孩子的生活。沐浴着改革的春风,她立马就寻找就业门路,去镇上的淋浴器附件厂找了一份车床工的工作。她白天八小时在工厂上班,下班后与父亲一起去畈里经营那二亩八分承包田。小家庭有了经济来源。到了年底,母亲还笑着对父亲说:"吃过用过,剩副家货。"嘿嘿,现在一年到头总算有了一点积蓄。

学校西边狭窄的泥石路是村民进出的主要村道。晴天泥灰滚滚,雨天水坑泥泞。有了这所学校,这条路上通行的人与车辆渐渐增多了。除了附近村庄父母带着孩子来上下学的,还有社队厂里下班的工人,附近出入田畈的村民,有时还会迎来检查、学习、考察、参观、交流的人。石子路上人来人往,人声鼎沸,路况也越来越差。

1992年春天,和暖的春风吹拂在人们脸上,十五岙大溪日夜不息地潺潺流淌。校园里新绿葱茏,孩子们在读书声中憧憬着美好的未来。就在这时,村里又开进了一支施工队。这是一支修桥筑路的施工队,工人们带着钻机、切割机,填塘渣、砌石坎、浇筑水泥,把狭窄的村道拓宽平整了,还安装上了路灯。

鲜花盛开,蝴蝶自来。次年,一辆白色的"金杯"牌面包车从水泥路上驶向学校。爱乡台胞陆章铨先生得知学校老师勤奋、学生刻苦,学校学科成绩名列全市前茅时,他慷慨解囊,捐资助学,为学校增添设备和教具,还为每一个学生分发书包、雨衣。他关心家乡教育事业的发展,致力于改变教育现状和新农村建设,既建学校,又修道路。

现在村里的孩子在校园里学习求知,茁壮成长;家长们安心忙碌着各自的工作,生活越来越有奔头。

蜡纸试卷

读小学的时候,老师会分发给我们试卷作业,这些试卷都是用蜡纸刻出来后用油墨印刷的。当我拿到试卷时,一股浓浓的油墨味直入鼻孔,一个个黑乎乎且油墨未干的文字或数字跃然纸上。老师工工整整的笔迹,倾注了辛勤撰刻的心血。

蜡纸试卷呈现的文字有深亦有淡。字迹淡时,看不出文字的笔画,自然也认不出是啥字,完全靠猜想,或者多读几遍句子,感悟字与字之间的关系。油墨浓,字迹粗时,往往会被我们的手肘抹糊,导致看不清数学的方程式和语文的阅读材料篇目。

虽然蜡纸刻印出来的试卷有很多弊端与缺陷,但是在那个年代承载着学生们太多的理想与希冀,以及老师们的辛勤与智慧。

  二十世纪九十年代初,我们大部分的作业是习题试卷。无论单元测试、周末练习,还是寒暑假作业都离不开刻印的试卷。我在校园里玩耍时常常看到老师利用午休时间,或周末假期在办公室加班加点地在蜡纸上刻试卷。他们低着头,手握钢头刻笔,在垫了专门用于刻字的钢板的田字格蜡纸上专心致志地撰刻。在蜡纸上刻试卷着实考验着老师们的手力、眼力和脑力,一笔一画必须工整,一定要把握好手力,太轻,字迹不明显;过重,纸容易破。我印象中蜡纸很薄且带油性,钢质的笔尖在上面刻字很费劲。而且,刻的过程中,眼睛要盯着蜡纸上的试题一丝不苟,不能遗漏字词或错行隔行,因此刻试卷也需要一个安静的环境。

  刻好蜡纸后,才完成完整试卷的一半工作。接着就是印刷。学校专门有一间印刷室,里面整齐地堆放着大大小小的纸张和一桶桶的油墨。油墨味十分重,一张斑驳的、沾满油墨的桌子上摆放着一台手动印刷机。印刷机如正方形的切纸刀大小,上下两层可以翻盖,上层的木框镶有尼龙网罩。与之配套的工具还有木柄铁杆的滚筒,这是用来在网罩上滚刷的。印刷机玻璃上面可放纸,不能多放。纱栅下放蜡纸,纱栅上抹匀油墨,均匀地朝一个方向刷。印刷时，需要两个人配合完成，一个人刷滚筒，另一个则翻试卷。我也曾多次被老师叫去帮助翻试卷。那时，这是一件值得骄傲的事，因为老师都会挑选成绩好的学生去帮忙翻试卷。

学校印刷室给我的感觉是阴暗的。唯一一扇朝北的窗户被窗帘盖得严严实实，再夹杂着油墨的黑，就显得十分黯然无光。我一直觉得好奇，老师在印刷时也不完全拉开窗帘，只是留个缝隙，让光束漏进来。我时常在猜想，也许这是学校文印室重地，闲人莫入，也许是避免这里堆放的油墨被晒干，也许这里印刷出来的试卷不能被泄密……

我们在老师辛勤刻印的试卷练习中进步，在油墨未干的文本材料中学会阅读，在期末考试前的反复刷题中考出更好的成绩。

后来，随着铅字印刷技术引进，手工撰刻逐渐消失了。取而代之的是用机器事先刻好方正字体的字托，再用油墨印刷出来。这样印刷出来的字迹清晰，字体大小统一，比手刻的更好。

如今，手刻试卷已成记忆，留给我们的是那个时代学生刻苦学习的精神与老师的智慧。

蛇头山茶园

  茶叶是十五岙村村民的一部分收入来源。那时,村民开山整地,将岩边小涧野败零星的茶苗移植在一起。后来又引进优良品种鸠坑种,较大规模种植茶叶,面积达一百多亩。经过精心培育,珠茶亩产量达到九十八斤。

  后来,随着人们饮茶方式和习惯的改变,茶叶种植、采摘、制作、包装都有了新的要求和思路。村民开始从创品牌上动脑筋、想办法,注册了"化安山瀑布茶"商标,还尝试用茉莉花花朵(蕾)窨制茶叶。但因生产加工场地、设备和技术各方面限制,没能生产出精品,因此产品附加值上也没有提升。

  随着改革的东风吹来,当季的春天又带来了新的生机。年轻有为的村民陆友东站了出来，承包了大片茶叶地。他改变传统做法，一改过去用柴片、煤炭加工的工艺现状，改做精制条干和精品名茶。利用大尭山山高雾重、山地土质肥沃的得天独厚优势，引进电干燥锅，一举成功，当年名茶产值达二十五万元。

惊蛰过后，蛇头山的茶叶在阳光的抚摸下冒出芽尖，新绿葱茏，泛着翡翠般的光泽。陆友东在村大会堂门口贴了一张招聘采茶临时工的启事，引来村里妇女热情报名。

陆友东说："要赶在清明前把头茬茶叶摘下来，卖个好价钱。"春寒料峭，时雨时晴。妇女们在背篓里装着点心，带着雨具，起早摸黑地上山采摘茶叶。山野里妇女们有说有笑，一片热闹。村里的摘茶能手李凤英说："儿女上学，我们不用管，只顾自己挣点钱，补贴家用。"住在我家隔壁的黄友英说："今年气候偏暖，茶叶上市早，可以卖个好价钱！"

时过晌午，妇女们越摘越起劲，把摘好的茶叶一次又一次拿到茶场，经过称重、记账后，草草地吃了午饭后，又上山采摘。一天下来，能摘六七斤，按照十五元一斤的采摘工钱算，虽辛苦，一天也能挣一百多元，妇女们都很高兴。

不安于现状的陆友东，肯吃苦、敢尝试、勇挑战，不断改造创新，大胆地甩出几个霸气行动：淘汰老旧茶园，开辟新茶园；放弃靠近工厂有污染源的零星边角茶叶地，改造一块好的茶基

蛇头山茶园

地。对茶树实施修枝整形,施壅有机肥料,保证鲜茶首先达到绿色无公害的标准。其次整修制茶场地和更新设备,实行制作名茶专用箩筐,专门晾摊场地,专门杀青揉捻,炒青机器和专门分拣车间。为防止火烧烟熏导致茶叶的火焦味重,还采用液化气作加工燃料。再以ISO国际认证方式对茶园实行严格的培育、采摘、运输、制作、分拣、包装一条龙的管理制度。1999年,陆友东还向余姚市卫生局申领了卫生许可证。

  茶场里发出"隆隆"的机器声,一片繁忙景象。但人生从来都不是一帆风顺的。一方面采茶工年龄偏大,一到春季采茶工紧缺,导致采摘工序跟不上。于是,陆友东边贴招工告示,边动员妻子、女儿上山采摘。就在解决用工难题时,另一方面传来合作商的挑剔:"茶叶品相、色泽、形状都需要提高标准""要另外寻找合作供应商"。这给正在炒茶的陆友东当头一棒,解决了用工,没有销路怎么行啊?再则这个茶叶加工成本高,费精力,茶场的生产设备将成为废铁。他拍拍脑袋,细细地寻思着,四处寻找商机,并讨教茶叶加工技术和经验。陆友东请市林技指导部门制茶师傅和陆埠区林技茶叶辅导员指导,对茶场"问诊把脉,讨要良方"。制茶师傅从炒制时间、火候、杀青、揉捻等一系列环节进行精心指导和实际操作。陆友东一边听,一边记,制茶过程慢慢规范起来。这位制茶师傅还在村茶场跟踪服务,林技人员也蹲点指导。当陆友东要付工钱时,他们都挥挥手,执意不肯收。制茶师傅还介绍了一家茶叶销售供应商给陆友东,并留下了自己的联系方式。

头茬茶叶做条干名茶,二茬茶叶做普通条干。随着茶叶加工技术不断提高,茶叶销售也兴旺起来,现在一到春季,还有不少开着面包车的经营商主动找上门要茶叶。有的签订购合同,有的在开采期直接来取货,有的预约明年的名茶,生意一年比一年火爆。

陆友东咬定茶山不放松,几十年始终耕耘在茶园地里。他同样怀着对土地的一往情深,摸索着前行。有一天,我去他家里时,他坐在宽敞的堂前吃晚饭,几样小菜,荤素搭配,色香诱人,喝着自己用麦子烧制的烧酒,十分惬意。

当我问起今年茶叶行情时,他毫无顾忌地侃侃而谈。春季雨水长,茶叶长势缓,上市要比往年迟。他还主动算了一笔茶叶经济账,过去茶叶只能卖十元,几十元一斤,现在几百元。今年首批名茶开价每斤一千二百八十元。是啊!"阿科,现在想想,我固守几亩茶园,确实是'小儿科',要是我们村再有几百亩优质茶园,那将有更多的人获得更多的收入,还能带动更多的妇女劳力赚些'酱油盐钿'。"他若有所思地说。

土 灶

土灶已是一代人的记忆了。上辈人离不开土灶,因为那时的一日三餐、煮饭烧菜、炖汤烧水全靠它。尽管当时住房紧张,家家户户还是会辟出一个大灶间。

我家也如此,一个灶间二十平方米,一台土灶就占据十多平方米。土灶是用块石砌底,砖块砌墙,石灰粉白,水泥做面,还有一根高高的出烟口通向屋顶——烟囱,仿佛老虎尾巴往上翘,所以民间俗称"老虎灶"。土灶下方砌有火仓,存灰用。灶膛分为上下两截,上截用砖砌成圆形,下截用炉栅隔开,进风落灰,相辅相成。灶台左右两个火膛,被称为里头镬和外头镬,着实有点讲究。这样"两眼一汤罐"的土灶已是几经改进的省柴节能灶了。

土灶需要干燥硬实的柴火作为燃料，才能燃出持久耐烧的火苗。然而，用土灶烧火确实是一个技术活。为了引燃火苗，常常会花上一点时间。一开始，先用稻草软柴点燃，放进灶膛，如果没有准备好易燃且维持火候的硬柴，没等锅烧热，引火柴就会燃烧殆尽。要在稻草燃烧的一瞬间，立即放进几根竹梢丝维持火候，随后再放少许硬柴。我们还会用土办法：取一根小竹管，直径约三厘米，长约四十厘米，留有竹节的一头打个小孔，就成为一个"火管"，把"火管"伸进灶膛吹，以加速灶膛内空气流动，带动起火。若一不小心，会把烟吸入喉头，呛得流泪，说不出话。现在想想，当时要是有个鼓风机多好啊！

在江南，每到梅雨时节，由于室内外温差大，暑气蒸腾，伴随着墙壁、地面出水返潮，灶膛里面也变得潮湿。这时候，是最难引燃火苗的，有时没等火苗燃起，只刚把点燃的引火柴放进灶膛就熄灭了，一次、两次、三次……很考验耐心。这时，就更需要"软硬兼施"。先用软柴引燃烘热灶膛，待灶膛干燥后，再点一次火，放入竹片和柴爿，火苗便一点点地旺起来了。这种天气，对用老虎灶烧火煮饭是一种考验，天气湿漉漉，柴草潮软，"自来火"（火柴）也变软，点不着火，不熟练的或缺乏耐心的人，很难点燃火。真印证了一句"心越急，柴越湿"的民间老话。

因此，村里每户人家的房前屋后都有堆柴的地方，或盖着尼龙布像草房，或堆成四方体像楼屋。柴火是村民最宝贵的燃料。那一年，村里整修茶园，村民们纷纷上山捆茶枝。我父母下班后也上茶园整理茶枝丫。他们会把茶枝丫捆成两大把，挑一担回家，把预先腾空的房前屋后的宅基地堆得满满的。干燥的茶枝易燃耐烧，父母这一年也不愁没柴烧了。

每年立冬之前，父亲会准备柴爿。在老屋旁边，他把残枯的松木锯短，再用斧头劈成柴爿。我把柴爿纵横交错地码好，码得高高的，堆成柴垛，四周用木棍捺住，这样就堆得更加牢固。就这样，过年要烧的柴便备得足足的。

烧菜在外头镬，引火用里头镬。烧菜需要掌握火候，一旦家里来了客人或有多人吃饭时，就要有专门的分工了。一人上灶，即灶面掌勺，一人烧火，协调配合。一般是掌勺的指挥烧火的，烧火的也是要有技巧的。当听到"大火"时，意思是要加柴，急火旺烧；当听到"菜肴要出锅"时，就得抽芯熄火；炖菜时要文火慢烧，丝毫容不得半点马虎，火大了会烧焦。我常常打下手，烧火，也熟知看灶面使柴火的"技术"。

小时候，我常常要求父亲在烧饭的那眼灶膛里多放一把柴火，是我嘴馋打的"小算盘"。为了锅里能留锅巴，就需要多烧一点柴，让紧贴锅底的米饭快速抽干水分，直至结块，这样等吃完饭，锅里就会剩下一顶面朝天的"乌毡帽"——锅巴。每次听到我的要求，父亲便会在烧饭的那个灶膛里再放一把稻草，或夹些柴渣，继续烘烤锅底。有时柴放多了会烧焦，一股浓郁的焦味便会弥漫老屋。

  农村用土灶烧火煮饭不可少，一日三餐都会交给充满人间烟火的土灶。父母很爱惜这座土灶，常常把灶台揩得干干净净，灶面清理得锃光瓦亮。为了节省烧柴和烧煮时间，父亲还定期清理灶膛灰，除去火仓里的草木灰，修补土灶的塌陷与裂缝为使加热不受影响，还要刨掉锅底烟灰。

  是啊，人们离不开土灶，也十分爱惜土灶。所以每当村庄上空升起袅袅炊烟时，必定是忙碌的村民进灶间准备吃食的时间了，也是饭菜香弥漫村庄的时候。那时的油烟味使很多人留恋，就是这样的香甜伴随着一代代人，也只是现代人的一种美好追忆。

卖公粮

大暑时节,烈日似火,这是农民和粮食收购部门一年中最忙碌的季节。农户一边收割早稻,一边插种晚稻,夏收夏种一片繁忙,俗称"双夏双抢"。

双夏正逢暑假,那时候,我常常跟着父亲去粮站投售早谷,完成上缴公粮的任务。自实行"包产到户"的家庭联产承包责任制后,我们畈区家家户户都种粮,多的十几亩,少的则几亩。我父亲承包了三亩八分田,他精耕细作,将早稻"广六矮"与晚稻"8411"搭配,这两个品种属高产的当家品种,能产优质粮米。父亲把每株稻看作自己的孩子,精心培育,盼望着一个又一个丰收时节的到来。

每天天没亮,父亲就背着锄头和铁耙出门了,他穿着一双黄跑鞋在沙石路上行走二十多分钟到田畈。从拖拉机犁好地后,他就没停过:修田、耙田、拔秧、插秧、施肥、拔草、治虫,不落下任何一个环节。水稻离不开水,要经常查看田间水位。一旦天气连续干旱,他就会静等晚上放"夜水",生怕这刚出生的"婴儿"断了"奶水"。

父亲把晒干扬净的新谷运往粮站投售,这像是一场特别的赶集。晌午时分,四邻八村的机耕路上,随处可见手拉肩挑的男男女女,从不同方向往粮食收购站赶去,唯恐迟到一步。我家也将新谷运往陆埠粮站,去完成上缴公粮的任务。我扶着手拉车的车栏板跟随其后,在陡坡上助一把力。崎岖的沿山沙石公路坑坑洼洼,途中还要翻越一座陡峭的元宝岭。到了粮站亦是另一番景象。远处人头攒动,人声鼎沸,长长的售粮队伍望不到边,把粮站围得水泄不通。我和父亲半步不离依偎在车边,倚坐在手拉车的拉手柄上歇歇,擦擦汗。队伍前面动一步,后面移一步,像蜗牛爬行。终于轮到我们了,掌握着每颗谷子的好坏以及一担一车去与留的验货员,不紧不慢地用抽样干叉、牙嗑、眼辨、鼻嗅等办法慢条斯理地挑剔着每户人家的稻谷。当听到一声低沉又权威的"过秤吧",我们欣喜若狂,连声道谢。

父亲不知从哪里借来的力气,卸车、上磅、肩背、进仓库、上跳板，动作娴熟，一气呵成。但毕竟是力气活，当父亲在仓内倒完谷子后，已是满脸通红，全身是汗，衣裤湿透，像刚从水里捞上来似的。我和父亲赶紧走出仓门，用系在脖子上的毛巾擦了擦脸，像打了一场大胜仗似的说："任务完成，回家！"

这场景已过去了快三十年了，改革开放的春风已让"三农"面貌发生了翻天覆地的变化。强农惠农政策、农业机械化，粮食生产走上了科学发展的轨道。"中国人的饭碗要牢牢端在自己手中。"2016年1月，我进入粮食系统，从事粮食收购、储备、保管等工作，体会了以往售粮的艰辛，也看到了粮站的沧桑变化。现在，余姚既有中央直属储备粮库，又有地方储备粮库。2003年，马渚建造了余姚市第一中心粮库，占地面积五十多亩，总仓容量两万五千吨，大大改善了农民售粮环境。粮库还添置了粮食输送机、除杂机、烘干机、电脑熏蒸仪等机械设备。售粮不再是以往从人工播种到收割的过程，取而代之的是机械化一条龙。只要将散装在汽车上的谷子倒入输送机，经过除杂机，干净、饱满的谷子便被输送机源源不断地送进仓内。五吨谷子二十分钟就能完成除杂，顺利进仓，这样既节约了时间，又省去了农民的劳力。

村民陆邦灿在承包田里悠闲地剪蚕豆，当说起今年种的作物时，他滔滔不绝地讲开了。"这几块种植洋芋、大豆、蚕豆的土地都是失地的邻居种的,我改变以前的种法,改三熟制种植为单季杂交稻。原先种田:耕、秒、耙、种,所谓精耕细作,两三亩田全家总动员要忙上一个多星期。现在老伴随便搭把手一两天完成播种,产量比原先种三季还高,过去单季三百斤至五百斤每亩,现在单季杂交每亩产一千五百多斤。2021年,由于台风'烟花'影响产量,每亩只产一千二百多斤。种植杂交稻省力,用种量每亩两斤,单本插,大行大道。一旦肥水管理好,产量就是高。虽然眼前是青黄不接,但是我的谷柜里还是满满的。敲敲,砰!砰!响。现在我种田当副业,平时外出赚现钞,做泥水工。"

现在种田不但不弯腰,还不用低头。安徽人在我们这里承包土地,是种粮大户。播种、育秧、施肥、治虫除草、放水抽水,都是工业化、机械化。除赵家畈一百四十二亩外,邻村的陈巷村也有大片粮田承包种植。"现在种粮机械化,播种有播种机,每亩十二斤至十三斤的种子,约六分钟时间就能完成播种。"现在种田实行机械化,收获有大型收割机,施肥有施肥机,治虫除草还用上了无人机。大大降低了人工成本,彻底改变了"三弯腰"的面貌,提高了耕作效率。

而且,一直以来,上级部门对农业十分重视。"藏粮于地,藏粮于技,藏粮于民"绝不是一句口号,端牢自己的"饭碗"是真理。

农民实施轮番耕作模式,确保承包土地不抛荒,这样既保护耕地,又增加收入。

与此同时,种粮不再是农户唯一的生产方式。在保障粮食安全的大前提下,土地正在被盘活并得到充分利用。连片种植,组建农业粮食合作社,向种粮能手、大户集中转租承包,粮食生产方式转型升级。那过去男女老少起早割稻、种田,田头地脚支起三脚架迎风扬谷的场面和房前屋后晾晒稻谷的场景消失了,手拉肩挑、"千军万马"赶往粮站卖谷的画面已成为记忆。

爷爷的"厢式货车"

我十岁那年,爷爷奶奶已经六十六岁了,还住在十五夼桃园岭的旧房子里,这座房子是村学校的旧校舍改造过来的。房子面积不大,灶间、坐起间(大户人家叫客堂)、卧室,三小间也算齐全。

已经上了年纪的爷爷奶奶,因为仅有的一亩五分田被国家建造高速公路征用,将成为失地农民,犹如村里人常说的"空弃麻张"。虽然爷爷感到无奈与无助,但他还是积极响应政府号召,在征用协议上爽快地签下了自己的名字。

爷爷把这一亩五分田当作自己的舞台,一年种植两季稻子是雷打不动的。当满心欢喜地收割完晚稻后,他又悉心种下油菜籽，常年轮番耕种，不抛荒、不轮空。他把田里的沟、渠挖得方方正正，稗草拔得干干净净。爷爷耘过的田仿佛翻开的书页，字字不漏，页页整齐。他还挑来猪粪，施在田里，增加土地肥力。

爷爷身体健朗，头脑灵活，又有一股不服老的劲。闲不住的时候，就经营着"小农经济"。就近荒坡杂地较多，他就在山地里种一些土豆、南瓜、茄子、番茄、大豆，一年四季的菜蔬够自己吃的，多余的送人。

爷爷闲不住，总是不见他坐等吃饭、闲居在家的样子，一日三餐都由他张罗。他早早地起床，第一件事就去村小菜场买菜。回来后，由奶奶负责汰、烧。吃完饭，出家门，不是去地头种菜弄豆，就是到大樟树下、北墙门串门聊天，或者去祠堂里（老年活动室）坐坐、领市面、讲新闻逸事。

不知是进菜场次数多了，熟悉了经营模式，还是听了别人的生意经，爷爷突发奇想，开始做起了小本生意。他从离家两公里远的镇上进货，刚开始是灰蛋（咸蛋）、皮蛋、小包装榨菜等，这类商品好保存、不易变质，运输又简单，携带方便，成本低，批发回家后再到村小菜场售卖，可以赚点儿批发零售的差价。

他起早挑着一担货出门，中午十一点多回来，有时会带点熟食，可省略汰、烧环节，既节约时间，又改善伙食。那时，我记得最清楚的是,爷爷经常买烤麸、香干、猪头肉。爷爷是挑着货担做生意的,走在半路上也有人向他购买的,就像行走(流动)的货郎担。遇到下雨了,他放下担子在弄堂屋檐下躲雨,生怕淋湿货物,有时会把衣服盖在担子上。一天下来虽然赚不了多少钞票,看他都是充实高兴的样子,俨然一个生意人。

后来,货担上又增加了几种瓶装食品、面酱之类的商品,品种多了。虽然是些瓶瓶罐罐小物件,但分量还是很沉的,显然一肩挑的担子不够用了。爷爷佝偻着背,吃力地挑着担子,还左顾右盼,生怕担子里的东西多因两头颤动被挤落。

如此重担促发了爷爷"造车"的念头,他动起了脑筋,要造一辆"厢式货车"。一方面增加货物载装量,另一方面防止货物日晒雨淋。爷爷又抽空捣鼓起木匠、五金匠的行当来,边设计边制造。他把废旧的农用手拉车车轮进行修理:车胎去灰尘,打气、钢圈、钢丝去锈扳紧,轴承添加机油润滑;又利用起旧车架子,换横档,铺竹片,紧固螺丝螺帽,配上停车时的支架,利用木板边角料做框架,做防护罩,防止苍蝇、飞虫进入直接食用的物品中;还在一边加装了可以移动的玻璃门,方便取货。"闭门造车"了一个多星期,才把"自行设计,自行制造"的"厢式货车"完成。其所谓"厢式货车",只不过是旧手拉车加木板或尼龙布的简易手拉车,是集运货、橱窗、柜台于一体的流动商贩车。

我住在爷爷家附近，仅相隔一条宽约两米的村路，每逢双休日或学校放假，母亲把我托放在爷爷奶奶家里，由爷爷奶奶照看。所以，我亲眼看见了爷爷"造车"的情景。爷爷一边"造车"，一边嘴里念叨"造车"的程序与步骤。我出于好玩与好奇，用爷爷锯下的边角木料，拼凑出一辆玩具四轮四方车，还用橡皮泥捏成两个大灯，把铅丝当天线插在玩具车上。爷爷见了，竖起大拇指连连夸我："能模仿，动手能力强。"

爷爷有了这辆自己设计制造的得意之作，每天拉着这辆货车去小菜场。一到菜场，爷爷固定好手拉车，还没拿出自己坐的凳子，许多村民就围拢来，有看手拉车的，也有来买皮蛋、灰蛋（咸蛋）的。不论买多买少，爷爷总是面带微笑，和气大方，嘴里说着"皮蛋灰蛋，要吃自拣，过酒过饭"。我记得榨菜一元三包，有时我们餐桌上也会有爷爷在卖的那种榨菜。我想，那么薄的利润，一分一厘地赚？我看他是在享受过程，充实一天的生活吧！

爷爷没有上正规学校读过书，只上过扫盲班和短期文化培训班，其余靠自学。但他认得的字不少，一有空就坐在手拉车前，拿出报纸，浏览新闻，了解"天下事"，并与周围摊主及过路村民天南地北地"谈天"。

爷爷还有一个好习惯，总有事无事地拿出笔记本记事，记录他认为有意义的东西：比如一天下来的生意进出账目，当天的天气情况等。他到家了还不停歇，盘点着哪些缺货，哪些急需补货，哪些品质不佳的，并及时与批发商联系或处理销毁。

小小手拉车里装着的是甜、酸、咸、辣的商品，装着农家最简单不过的"下饭"和满满的生活琐碎事。爷爷与车辆相依为伴，说他做生意赚钱也好，丰富晚年生活也好，我总能看到他弓着背，拉着车走向桃园岭上坡回家的样子，很吃力，但步履坚定。

如今，那辆车已破损散架，缺横档、轮胎瘪，积满了灰尘和锈斑，安静地放在爷爷老屋的一个角落，再也不能为爷爷载物出力了。但爷爷十分珍爱这辆他亲手制造的车，舍不得把它扔掉，仍保存着。

半瓶胶水

"够用了,今天只有一节劳技课,明天就去买。"母亲不耐烦地说。

"同学们肯定都用新的,凭什么全班只有我一个人用瓶底的胶水?"我嗓音大了。

"都怪你自己,不长记性,不提前说,到火烧眉毛时才记起。"母亲接过话茬。

一大早,在原本并不宽敞的老屋里,娘儿俩说话似乎安装了扩音器,愈加显得响亮清晰。这时,母亲已在屋里翻箱倒柜,不停地翻看抽屉和三门柜,她要找到我心中满意的那瓶胶水,令我拿得出手而不觉丢人的胶水。

劳技课是兴趣课，既好玩，又不枯燥，一到上这门课，大家别提有多兴奋了。小学一年级的第一节劳技课，老师提前在课堂上通知我们自带胶水，要制作万花筒。然而，到了第二天，我才想起这件事，于是匆匆忙忙问母亲。母亲却在介橱旮旯里找出了半瓶胶水，圆形黑色塑料盖，圆锥形的瓶体，瓶盖连着涂抹部分。说是半瓶，其实是胶水沉在瓶底，颜色泛黄了，厚得搅不开。我想，这瓶胶水有多长时间了，还能用吗？

从这一刻起，我的心情在自卑与无奈之间徘徊，有种种委屈在心里积压，仿佛烈日下蔫了的藤蔓，生怕在同学面前抬不起头，拿不出手。

母亲急着要上班，就近又无处买。她一边给我准备早饭和她上班要带的饭菜，一边走出家门，想去周围邻居家借借看。她兜兜转转一圈后，回到家，还是耐心地给我做思想工作："先将就着用，或者问同桌拼着用一下也行。"但是，千说万说，还是没有把我说服。我耍着牛脾气，眼里噙着泪水，抽噎地说："劳技课上老师会批评我。"

母亲说："我陪你去学校，向老师说明一下原因？"就这样，我把原本胶水不够用的事激化成了母亲去学校找老师。我害怕母亲会在同学面前数落我一顿，心神不定的，思忖着究竟是让母亲去学校向老师说明情况，还是先拿着半瓶胶水将就着用呢？我的心情犹如井底打水的水桶七上八下。

晨光熹微，淡淡地洒进双扇木门的缝隙，与泥地石灰墙交织。早晨的时间是宝贵的，也是飞逝的。母亲急切地要赶时间，她生气地提起自行车前轮，跨过石门槛，载着我向学校方向骑去。当自行车向左拐弯不到二十米，在桃园岭的下坡处时，碰到了从黄家弄骑自行车到学校上班的姜水村老师。那时候，他是学校总务，负责后勤工作。

看到老师了，主动问好是最基本的礼貌。我坐在书报架上，弱弱地叫了一声："姜老师。"

老师能准确地察言观色，这是他们的职业技能。姜老师看我垂头丧气，就问："今天怎么让你娘送你上学啦？"

我低头嘀咕，没有正面回答。母亲早已把一大早的不顺心和盘托出，并请姜老师把我吵着要胶水的情况转达给上劳技课的老师，如完不成手工作业，下次补齐。

姜老师说："没事，我的办公桌上有大半瓶胶水，借用一下，到校后叫程科来拿。"

母亲把我抱下车，连声说着谢谢姜老师。我顿时也舒展了眉头，背着书包快速向学校跑去。

虽然，人生中有诸多的不顺意，但是回想起儿时父母、老师们对我的宽容大度，便也有了继续前行的勇气。

双　潭

　　村里有一个池子，名叫"双潭"，其实是两口较大的水井。原来有两个池子，南北各一，不连在一起。二十世纪七十年代时经过改造，两潭之间又掘出一潭，现在实际是有三个潭连在一起，但习惯还称为"双潭"。由于水质清澈，潭底涌泉，以前人们常在这里洗菜、洗衣，大旱天附近村民还把它当作饮用水的"水缸"使用。

　　双潭位于村庄北面，我住南面的桃园岭，因此，我十岁以前只听说过村里有一个"双潭"，但很少去那里。又因水深，我水性不好，也不敢下潭玩水、游泳。但在大热天里，大人们喜欢在潭里洗澡，于是，潭里的人多得犹如大锅里煮饺子。

　　1999年，村庄北面、甬梁线南面村里建造了崭新的村民联

双 潭

体住宅，共十四户人家，是村里统一规划，统一式样的村民住宅，也是村里第一批动工建设的联建房。我家搬入村联建房后，离双潭也很近了。

那时候，双潭的四周都是田畈连着田畈，水沟连通水沟，仿佛江南泽国。村民在田畈劳作后，都会经过双潭，休息聊天，洗个脚，擦把身是常有的事。

双潭呈长方形，约一百六十平方米，卵石沉底，块石砌坎，水清甘甜。水是从潭底涌上来的，不是地表的天落水，冬暖夏凉。即便是大旱天，潭也不会干涸。那时是附近村民不可多得的好水源地。

一到夏天，潭子便成为大家嬉水的乐园，里面挤满了大人小孩。无论人们在潭子里怎么嬉水，水也不会浑；不论中午、傍晚，还是晚上，都有人在潭子里玩水、汏洗。

水是灵动的，可以看到潭底的石缝里源源不断泛上来的水，汩汩作响，水的流动像潭子里的鱼儿那样轻柔委婉。双潭是村民生活的重要组成部分，居住在潭边的村民一年四季都依靠双潭水。

然而，有一段时间，受地表水冲击，淤泥流入双潭，出水口被堵塞，潭子里的地下水也渐渐被覆盖了。加之村民也没有清理和维护，双潭里的水成了一潭死水，变得浑浊而脏臭。久而久之，这里的水不能用来清洗，更不能洗澡了。潭上面浮满了绿藻，石坎上冒着气泡，双潭失去了往日的生气与清亮。

双潭四周的村民住宅越来越多，入住率越来越高，唯一能提供生活用水的双潭失去基本功能，犹如瘫痪的植物人。这时，村民的抱怨声、责怪声不断，他们都向往和怀念原来的双潭。

2002年夏天，村里决定对双潭起底清淤，重新砌坎整修，还双潭一个原貌。村民陆兴睦牵头，组织热心村民开展筹措修整资金、招标施工单位等工作，对清理整修双潭的前期工作做了充分准备。这个举措得到了周边居民的积极响应和参与。大家有钱出钱，有力出力，男男女女热情高涨，主动去双潭清扫淤泥、捡拾垃圾、冲洗双潭，村民们抬的抬，挑的挑，住在双潭北面的村民陆水东还用自己的拖拉机来装运淤泥。

清理修缮双潭要资金投入，村里发起的募捐行动得到了庙后村、南山电镀厂、伟达电动工具厂、西洋桥拉丝厂以及四十一户村民的支持，共筹得修缮资金一万三千二百元。后来，在双潭东北侧，村道边立了一块一米多高的石碑，上面镌刻着爱心人士（单位）姓名或名称和捐款金额，以示谢意。

修缮后的双潭恢复了原貌和生机，村民又开始舒心且满足地在双潭洗洗涮涮。

晒　场

晒场是晒谷物之地。在"以粮为纲"的年代里,普通的晒谷场承载着重要的使命。记得村里也有一块大晒场,位于村庄北半边,呈长方形,面积五千多平方米,据说附近村庄还没有那么大的晒场。

说是晒场,但全是泥地,只不过黄泥地黏性好,重压拉过"来地光"(用石头打出的圆柱),没有用混凝土浇筑。晴天,风一吹,泥灰翻滚,犹如沙漠里起风时的沙尘;雨天,泥浆浑厚,晒场成了沼泽地。但就是这样并不完美的晒场承担着许多功能与作用。

那时,村里晒场周边都是一些低矮的老旧平房,零零散散。

仓库、民居相互并存，但很少有新建或扩建的房屋。晒场周围没有高的建筑遮挡，从早晒到晚，是块不可多得的好地方。

每年开春，越冬过来的草籽种、油菜籽、大小麦早早登场，每个生产队都有几十堆。排列整齐的油菜籽堆和草籽堆，静静地躺在晒场里收燥，等待社员们进一步脱壳、分拣、收拾。紧接着大小麦上场，晒场开始忙碌起来了。最壮观的要数收割早、晚稻期间的晒场。早稻收割，夏收夏种的最忙场面之一是在晒场。这是妇女们的主战场，村妇头戴草帽，脖子上挂着毛巾，奔波在晒场头。一会儿牵篾垫角，一会儿摊稻谷，一会儿抖草娘，一会儿去冇子。中午烈日当空，热辣辣的太阳晒得人睁不开眼，但这也是稻谷蒸发水分、干燥得最快的时候。晒谷人顾不上到荫凉底下休息一会儿，直奔晒场，急匆匆翻摊晒谷垫上的稻谷，抢时间，争阳光。

晚稻季节又是一番景象了，虽不会那么着急，还是要与老天争阳光，重复着聚拢、摊晒的劳动。晒谷人把满晒场金灿灿的稻谷一会儿堆成馒头型，一会推平。村妇们好像表演给太阳看，这样的动作不知在晒场上要上演多少遍，才能把颗粒饱满、黄澄澄的粮食归仓。也就是这个普通的晒场，承担着一千多亩粮田的粮食作物的摊晒。

实行大包干后，晒场上又有了新变化。收获季节的晒场更

晒　场

忙碌了，晒场上出现的不仅是妇女，而是男男女女，老老少少全都参与。家家户户都忙碌在自己的晒场里，全村人总动员。这时，谷垫起起伏伏，犹如大海里的波浪，谷担、谷车排成长龙，催促声、嬉笑声不绝于耳，人人收获着丰收喜悦。

晒场没有闲着，有时到晚上还十分热闹与有趣。村里往往会组织一些活动，放电影、做社戏。镇上电影放映队送电影下乡，放映位置就选择在晒场。于是，晒场又热闹起来了。劳作之余能看上一场电影算是休息解乏的事情了，也是最值得村民们期待的事。还没等放映员把放映机送到晒场，消息像长了翅膀一样传播开来。村民们早早地在晒场上"抢"好位置，摆好椅子，笃定地安心去吃晚饭了。这时，孩子们兴奋了，他们在晒场上追逐奔跑，穿梭在椅子和过道之间，有的直接坐在椅子上静静地等待电影开始放映。

天色渐渐暗了，放映师傅撑开四方荧幕，用竹竿支起带线的电灯，伴着天空若明若暗的星光，高高地架起放录机。他调试灯光，装胶卷，对准银幕投射过去，在放映机与银幕之间便出现了一道五颜六色的光芒。没有过多的开场仪式，电影直接放映。首先会发出一阵声响、一段对话，或是一阵武打镜头。这时，本来人声鼎沸、人头攒动的晒场顿时安静下来。晒场很大，放映员调节好音量后，播放出来的电影声音洪亮清晰。电影里出来的声音在晒场上蔓延开来，传得很远很远。顽皮的小孩跑到银幕前，向灯光射来的方向伸手，幕布上便会出现手的影子。一些高个子的男孩好奇地站在中间，把自己的影子投向银幕，手舞足蹈地感受投影的快乐。

那时候，放映的电影多为《地道战》《南征北战》《小兵张嘎》等红色教育片。晚稻收获后，也是农村社戏登场的活跃期，村里也会选择到大晒场里做大戏，用十七八只稻桶拼凑起一个舞台，然后去请来嵊县(今嵊州市)戏班。消息不胫而走，常引来附近村庄的戏迷前来观看。晒场里人气兴旺了，台上台下掌声、笑声接连不断。晒场里聚集着的老老少少都看得津津有味，忘记了白天劳作的辛苦。晒场成了人们晾晒丰收喜悦和向往愉快生活的重要平台。

大会堂

　　建造于二十世纪七十年代的十五岙大会堂位于村中心。大会堂为九间连楹抬梁结构,每间约六十平方米,总占地面积五百多平方米。大会堂呈长方形,南北各开两扇门,小青瓦、小青砖,青绿色的墙体上镶嵌着铁栅栏窗。大会堂中间有戏台,戏台坐东朝西,台面由枕木拼成,戏台两端是很陡的台阶,是演职人员的专用通道。

　　那时候,每逢过年过节,大会堂里是最热闹的。村里安排做大戏时,男女老少都会朝大会堂方向涌去,他们背着椅子、端着凳子,早早地在大会堂中间"抢"好位置。这时,也是小孩子们最高兴的时刻,他们早早地吃好晚饭,跑到大会堂,时而在门口逗留玩耍,时而在戏台上窜来窜去,时而好奇地去触碰演出道具,引来剧场工作人员的驱赶。戏还未开始,大会堂门口已聚集了炒瓜子的、卖糖葫芦的、卖老鼠糖球的小摊小贩,他们高声吆喝着,摊前氤氲着热气,馋嘴的孩子会缠着父母买好零食后才肯进入大会堂安心看戏。

夜幕降临,后场团的古板声清脆地响起,继而鼓、锣合奏,也召来了村民们急急忙忙走进大会堂。他们未落座就相互谈论着与今天要演出的戏文有关的话题,也有人会聊聊戏班的阵容。

晚上看戏,大会堂里人更多了。戏场内暖意融融,场外寒风凛冽。都说风是尖的,好像是真的,在人们热烈的谈论中,风透过并不密封的铁栅栏窗,钻进大会堂的角落,冷得人打寒噤。大会堂内座无虚席,观众们翘首期盼着早点开锣。有的则踮着脚尖,远观戏台边上的那块小黑板(戏牌),上面写着今天演出的曲目。嗑瓜子、吃水果、找座位、递衣服,应有尽有,吵声此起彼伏,场内十分嘈杂。当大幕拉开,忽明忽暗灯光有节奏地亮起时,全场安静下来。"来啦,来啦!"报幕员响亮地报出:"今天演出传统越剧折子戏《三盖衣》!"全场掌声四起,一阵骚动。演员们一个个亮相,个个扮相靓丽、唱腔悦耳、眉目传神、表演自在。演出开始了,台下观众专心致志,一些老戏迷更是目不转睛，以防漏下任何一个细节和表演动作。精彩的表演常常引来雷鸣般的掌声。

戏班子大都从新昌、嵊县（今嵊州市）请来的，日场加夜场，要演五日五夜。演员们吃住在村里，也只能在村里过夜，第二天再继续演出。为了解决他们的饮食起居，村委会组织一些热心村民负责演出团队的吃住。把他们安排到村民家住宿，包一日三餐。有的村民还拿出自家的年糕、面食等物品给他们做夜餐当点心。几场戏演下来后，村里人把演员当作亲人，把看戏当作最高享受。

后来，当遇到节日，或村里有大事、喜事，或有老人做寿，孩子满月、周岁等，人们都会出钱请戏班来村大会堂里做大戏，热闹庆贺一番。既能犒劳当地父老乡亲，又能"送凤冠""封状元""接元宝"，吸引大家祝贺主家的喜事大事，以图吉利，讨个好彩头。

种种原因，有很长一段时间，大会堂遭受冷落。因长时间没有做戏，也没人进行维护，大会堂屋顶漏水，外墙水泥脱落，周围杂草丛生，失去了昔日的繁华与热闹，与今天的农村文化精神生活格格不入。现在，人们追求丰富多彩，过品质生活的欲望不断强烈，为适应时代发展需要和中心村文化娱乐活动的场所需要，重现大会堂重要的思想文化宣传阵地的文化魅力，提高精神生活水平,让年久失修的大会堂重获新生,村委筹资开始进行修缮大会堂。经翻修、整理、改造,大会堂被打造成舞台、音响、灯光一应俱全的文化礼堂,以崭新的面貌出现在村民们面前。

现在,作为村里的群众文化娱乐的重要场所,经常有市级文艺团体送戏下乡;节假日有文化直通车开进村里,在文化礼堂演出,给村民送来精神食粮。剧团负责人对村民说:"现在出行方便,我们市域内的演出,都可以当天来回,解决了住宿困难的问题。"确实如此,道路宽敞,交通便利,公交车通达全市各乡村,私家车与日俱增。即使每晚演出至深夜,自己开车不便的,也可以通过网约车回程,十分方便。

你搭台来我唱戏。不仅有戏班子演出,村里一些文艺爱好者也跃跃欲试,姚剧、越剧、流行歌曲,你方唱罢我登台,充实了业余生活,也丰富了文化礼堂的活动内容。村民们借用文化礼堂的平台展示才艺,吸引了当地村民纷纷观看。大会堂转身变成文化礼堂,不仅提高了文化场所的利用率,更是满足了村民对日益增长的美好精神生活的向往。

村 路

《山村变了样》是一首二胡名曲，其意是其貌不扬的村庄，在历史的演进中有一种生生不息、蓬勃向上的精神和趋势。每当女儿拉奏这首曲子时，我就会愈加想念自己的家乡，那个朴实如我母亲的小山村——陆埠十五岙。

一条一眼望不见尽头的石子路是村里的"大动脉"——犹如骡拉碾子，扬起滚滚泥灰，而路旁清澈的溪水日夜不息地流淌……

老家的老屋就在大岙山的桃园岭下，那里种满了桃树。小时候，村里人问我："你家住哪儿？"我会毫不犹豫地回答："桃园。"后来，这片桃园成了地标，其实桃园里也种了许多梨树。

桃园位于小村的顶部，地势最高，向北便有"樟树下""北洋门"这些雅称之地，向南是成片的梯田。我常常跨过沟坎，踏着田塍，跃过这条石子路去上学。

要发展，搞建设，首先要做的事情就是修路。就像要做戏，必须先搭台。只有道路通畅了，才能连通世界，吸引更多人来村里；只有道路通畅了，才开启了黄金通道的阀门，涌来源源不断的金融活水。

1992年，一个的早晨春天，晨阳越过大峖山大半个山头，阳光透过村庄老屋，一点点喷洒在那条泥石路上。那天我第一次见到"金杯"牌的面包车从村口驶来，车上是爱乡台胞陆章铨。当时我们感到十分稀奇，全村人纷纷走出家门，欢呼迎接远道而归的亲人，到处洋溢着喜悦。

不久后，一支施工队进驻小山村，整个小村开始热闹起来。头戴黄色安全帽，手持电钻和撬棍的工人正在砌坎、填石、拉线、平整、浇筑、砌沟、割伸缩带（线），干得热火朝天。混凝土搅拌机和工人们的吆喝声交织在一起，引来许多群众围观。不久后，小村里的第一条水泥路浇筑完成了。

春风吹拂不停歇，幸福歌儿唱不完。"洗脚上田"的农民开始在村道两旁经营杂货铺、点心店；坚持创办五金厂的村民购置了小轿车、大货车，把生产的螺帽运到诸暨店口销售，不断扩大生产规模,当起了"五金老板"。

山村连着城市,城市挨着农村,早春的小山村欣欣向荣,吹响了招商引资的号角。在建设美丽乡村,发展乡村经济的号召下,"小山村里要建造五星级温泉山庄了"的消息传开了。村民们在欣喜中发现了商机,利用宅基地或暂时不用的旧房子办起了农家乐和民宿。来我们村的游客不断增多,这期间还有不少五金小厂开启了转型之路,小山村一下子红火起来。

山村里唯一通向省道的那条村道,车来人往十分繁忙,越来越拥挤,两车交会困难,车子经常剐蹭,容易发生交通事故,引起纠纷。遇到节假日堵车更严重。村道犹如螺蛳壳里做道场,亟须提升改造,拓宽分流。

于是,爱乡台胞陆章铨又出巨资,在村庄东面,依山脚开辟新建了一条平直宽阔的双向两车道柏油马路,大大缓解了村庄的交通压力,惠及当地群众。两条村道隔溪相望,穿村而过。前来洽谈生意、旅游观光、度假娱乐的客人都走这条路。人多了,山村兴旺了。一方面带动了山村老百姓就业,另一方面引来了物流、商机,拓展了当地村民就业之路。这条柏油马路的通车,让十五奋的村民们彻底告别了晴天泥灰滚滚、雨天坑洼泥泞的场面,也改变了村民的就业门路与发展思路。

如今,村民们依然昂首挺胸走在村路上,深情回望,感念村路,感恩修村路的人。

化安山

我的老家十五岙村就在化安山脚下。因此,我对化安山的瀑布、石桥、翠竹、苍松,还有剡溪边的潺潺流水有着特别的情愫。

1993年,我读小学的时候,学校钟情于化安山的人文气息,村校的老师经常带领我们去那里上班会课,或者进行少先队队日活动等。从学校出发,走在刚修复不久的曲径小道上,两边翠竹摇曳,树木葱茏,狭长的小道两旁,野草丛生,山花正艳,我们闻着花香,哼着儿歌,心情格外喜悦。

这条通往化安山的路,是用鹅卵石密密麻麻铺成的石子路,蜿蜒曲折。石缝里长了些野草,路的南面是大片茂盛的毛竹山，路的北边是深不见底的千丈坑。我听爷爷说，千丈坑曾响起过浙东抗日战争的枪声，在一次修筑拦水坝时还挖出了数颗地雷和手榴弹呢。因为我们村是红色堡垒村，抗战时期，三五支队经常在这里活动，村里还设立过三五支队联络站。

寒来暑往，冬去春来，这条小道仍保持着几百年前的原貌。春天鸟语花香，秋天野果累累，冬天梅香浮动，夏天葱茏葳蕤，日月星辰带给了化安山一份历史的厚重。随着时代变迁，人们对文化生活需求的提高以及村民对老底子"家产"的保护意识越来越强。一方面要发挥"家产"的作用，另一方面要吸引更多人来村里旅游。平时村民上山劳动，摘茶叶走的那条路已经满足不了现行需求，因此在化安山南面又新建了一条水泥路，现在都走这条水泥路。

为保护好化安山的历史文化遗产，真正做到在保护中发展、在发展中保护。党和当地政府高度重视思想文化建设，集弘扬先贤文化、思想家文化、红色文化于一体，大力开展保护、挖掘和利用。不仅着力挖掘黄宗羲的思想内涵，文化主管部门更是对先生魂牵梦绕之地进行了重点修缮和保护。

二十世纪八十年代初，政府对化安山区域进行规划，划定了保护区，落实了以当地村委为负责日常管理单位（人）。1982年，主管单位组织专业人员按原貌修复了黄宗羲墓冢，后在不同年间又陆续扩大和复原了古址遗迹。在墓冢东南方向建造了朝南五开间陈列室,仍沿用其生前命名的"龙虎草堂"。加宽人行步道,按"墓前拜坛下水田,分作三池种荷花"砌造水池,培育荷花。为了彰显先生的梅花之品格,后又在神道周边栽种了数百株梅花。龙虎草堂内陈列着《明夷待访录》《明儒学案》《四明山志》等大量著述。

2006年,黄宗羲墓冢从省级文物保护单位提升为国家级文物保护单位。2017年,在墓冢南面还建造了黄宗羲先生法治碑苑,步道两旁新建了文化长廊和旅游景点必备的标牌标记,吸引了络绎不绝的游客前来拜谒。越来越多的有识之士走近这位睿智博学、心系苍生的中国民主思想启蒙者和浙东学派创始人。他淡泊名利、心系平民的伟大思想穿过长达三百多年的历史长河不断观照现实,让我们感受先生忧国忧民、勤奋博学之心从未停止。

如今,化安山已成为崇尚民本思想的人们拜谒先贤之地。化安山渐渐地成为具有特色的旅游胜地,又是集文化繁荣、思想浸润、法治教育于一体的爱国主义教育基地。

电工阿文

村电工许利文,村民们称他阿文。他中等个子,膀大腰圆,黑黑的皮肤,说话嗓音大,干起活来有使不完的劲。他做电工活利索,对人又和气,村里老小无一不佩服他。

有人称阿文"许大",因为他在兄弟几个中排行老大,又能干一手好电工技术活,有技术"权威"之称,是当时我们村里电工行业中的老大。他是村里培养起来的第一批电工,加之他好学,肯吃苦,电工技术日益长进。村是大村,农户更换电表增线、村里路灯安装,电工活儿特别多。特别是家庭工业发展阶段,电工师傅更是吃香,甚至需要预约,十天半月还难以请到。但他加班加点,宁可自己多流汗水,总是客客气气,不摆架子,还为村民利益考虑,为节约费用,选择最简便的电线线路,就近入户安装电表。在为村里的电网布局出谋划策上,由于电力设备猛增,经常出现跳闸现象,他多次提出增改变压器的同时,合理分配各变压器的负荷量,将二相照明线、三相工业用电区分,在保证居民(村民)照明安全用电的前提下,使工业用电更稳定。

有人称阿文为"老师傅",因为他很早就背上了电工包,电工技术精湛,在村民中有较好的口碑,所以村民都认可他的技术老道,但许多人对他敬重之余,也常常被他闹出连篇笑话。在桃园新村的一次电线增杆作业中,就在离我家不远的一段高坎边,他踏着登高板,腰系电工工具袋,脚蹬电工鞋,在一根十米高的杆上装三相电线和路灯架,吸引一群人看热闹。好奇心使然,我也跑出家门凑热闹,爬在半杆的老师傅,一边说不要靠近电线杆,一边还指挥远路电线杆上的新手电工阿浩。当我说也要上去时,他说:"你可以上来,我用拉纤绳绕在头颈上好吧?"引来在场人大笑,我因顽皮又一次出了洋相。

我十二岁那年的某天是特别的日子,老师傅的儿子应征入伍了。一人参军,全家光荣,也是全村人的光荣。好男儿应该当兵去,在部队的大熔炉好好锻炼,保卫国家做贡献,这是村民们的共识。他的老伴小彩认为儿子是独生子,在家娇生惯养,生怕他吃不了苦,适应不了部队生活,不舍得他远离家乡。然而,他们被儿子想在部队长见识、增才干的信心和决心感动,鼎力支持儿子的行动。村民也以不同的方式祝贺他全家,用最朴实的话语,最真情的表白,祝愿他儿子为家乡争光。村里干部也十分重视,联系了村校的鼓乐队,为他的儿子举行欢送仪式。

我是乐队十六名成员之一,早早来到学校进行了认真的排练,八点钟就到了老师傅的家。道地里锣鼓喧天很热闹,今天的他与往常不一样,脸上虽然挂笑意,但没说要不要上电线杆的笑话了。他看看我,我看看他,他还在我身边轻声地说,你今天不要吹漏嘴呵。

现在,老师傅还在村里发挥余热,装电灯、接电线,但是他现在不爬水泥电线杆了。老了,七十四岁了。

抢抛梁馒头

二十世纪八十年代后期，村里建造两层楼房的人家陆续增多，村民把老屋拆旧翻新，或者把周围的宅基地整合建新、合理规划，扩建新村，拓展了村民住房空间，改善了居住环境。

建造房子是村民一生中的一件大事、喜事。他们事前会多次谋划，邀请村里信誉好、手艺高的泥水匠、木匠、牵线人（包工头），商议房子结构、高低朝向、造价预算等，要充分筹划才能开工建造。在村里造房子有许多风俗习惯：比如择一个黄道吉日破土动工；破土前要播早稻谷、洒黄酒、燃放鞭炮；上梁时钉上上梁布和隆重的抛上梁馒头仪式等，这些都是建造房子必不可少的。最有仪式感和吸引我的还是抛上梁馒头的环节。

抢抛梁馒头

回忆之门敲响，往事历历在目。1989年秋天，我五叔家造新房。他家门前支起了高高的井字架，铁臂向外伸展。老屋道地里有序堆放着红砖、钢筋、水泥、水泥横条、橡子瓦片、预制品（五孔板、门楗、窗楗）以及混凝土搅拌机。我放学回家，经过五叔家的建房工地，远远就能听到机器的隆隆声、工人的抬杠起步声和着助力的吆喝声"一二三，一二三"，工地仿佛上演了一场交响音乐会。我驻足观看：升降自如的卷扬机提起重物一点也不显得累，混凝土搅拌机百转千回地重复转着圈也不觉得晕，工人站在三米多高的脚手架上砌墙，工地上的泥工正把搅拌好的混凝土一桶一桶有序地挂在卷扬机缆绳垂下的铁钩上，随着卷扬机被提到二楼。一派繁忙景象。

泥工砌墙犹如搭积木，很快第一层就架好了五孔楼板，东西两边砌起了"人"字形的红砖墙，建造任务已完成近七成。外墙砌完，接下来就要架梁结顶。小时候，我们通常把村里新建的楼房称"两层半楼屋"，因为楼屋第二层上面会架两道五孔板，最上面一层是一个阁楼，隔热、防漏、藏杂物。但凡上梁，主人都要抛上梁馒头，用银钉把写着"紫气东来"或"佛光普照"字样的红底金边的绸布钉在主梁中间。

要去五叔家上梁之时抢馒头的消息是前一天晚上得知的，我很亢奋和激动。上梁是建房的重要环节，祭神供祖，祈福平安,有满满的仪式感。消息不胫而走,住在桃园岭的村民们都传开了。

"砰啪……"响亮的鞭炮声在翌日清晨五点打破了桃园岭的寂静。天色还没完全亮堂,淡淡的月牙儿挂在东边。由于晚上兴奋,我睡得晚,母亲生怕我起得迟,赶不上抢抛梁馒头,一起床就把我叫醒,并拉着我去工地。到了工地,抢馒头的人很多,自己家的弟妹、侄男侄女、左邻右舍都来凑热闹、图吉利。大家怀着期待的心情翘首以盼,抢抛梁馒头。

抛馒头的不是我五叔,而是木匠和泥工,他们会在茶盘上面放着馒头、糕点、枣子、水果,然后端着茶盘上屋顶,一边抛馒头,一边说吉利话,场面十分热闹。按照习俗,包工头必须把第一对馒头抛到主人手里,为了防止馒头抛偏,抛者小心翼翼,接者(房主)往往双手撩起围裙去兜馒头。随后,包工头又向四面八方抛馒头,撒糕点水果。往往楼顶撒一把,楼下一阵轰动,鞭炮齐鸣,人声鼎沸。有两个人奔着同一目标去抢馒头的,有跑去抢时被下手快的抢走了的,也有光顾着和邻居抢而不知一把撒在自己身上的。即使小朋友抢不到,大人也会分一些给他们。在场的人,人人有份。

如今,村子里很少新建楼房,个别单门独户建造房子的也只是走个形式,热闹场面少有了。一方面,村里年轻人走出家门进城创业,在城里买了商品房;另一方面,村里建造房子统一规划,统一联建,邀请专业建筑施工队建造,抢抛梁馒头的习俗也渐渐淡去,成为一个回忆。

地　标

石匠棚

几经拓宽改造的从余姚梁辉到宁波的公路上车来人往,公共交通也日益方便,路两边店面林立,逐渐繁华起来。我们村庄位于其中一段公路的南面,即东洋桥至西洋桥段。这段路是当地村民上集镇赶集市、去余姚、到宁波,连接外界的必经之路,所以乘车的人较多。

三十多年前,这条宽不过四米的沙石路两边都是农田,村民在田野上耕耘,春天播种青秧,等待秋天收获金黄。周而复始,季节交替,他们对稔熟的村庄有着特别的情愫,哪怕村里一个不起眼的建筑,都铭记于心。

地 标

　　石匠棚就是其中之一。甬梁线曲折蜿蜒，时而狭窄，时而逼仄。在离西洋桥不到两百米的"C"字形的弯道旁支起了一个石匠工棚，松树柱子，毛竹横档，上面盖着石棉瓦。远远就能望得见，很醒目。工棚周围堆满了长宽不一的青石板、红石块，这是石匠师傅堆放的石料。车子驶过，扬起灰尘，把石匠棚染得白白的。除了路与农田，没有其他建筑时，这个石匠棚显得更加醒目与突出，仿佛是草原中的蒙古包，格外引人注目。因此，这个石匠棚成了我们村里的一个地标，成了人们上下车的"公交站"，或者说是村里的停靠站。

　　小时候，我跟着母亲乘城乡中巴车去余姚县城，在石匠棚等车，也是走甬梁线，这是唯一一条通往县城的公路。坑坑洼洼的泥石路，摇摇晃晃的中巴车，一路颠簸，短短的十公里路，往往坐得我头晕呕吐，昏昏沉沉。公交车里十分拥挤，站满了人。售票员系着腰包，倚靠在门上，一边顾着为下车的乘客开门，一边收取上车乘客的车票钱，有时还自顾自地数着包里的钱。我很佩服那些售票员的平衡性，他们在行驶的车辆中站立着，重复做着那些开关门、清点人数、收钱取票等动作，车厢摇摇晃晃，乘客们好似不倒翁，售票员却稳如泰山。

　　当母亲在车上整理好行李，吃力地挤过人群，摇晃着身子提前提醒司机："师傅，石匠棚停一下。"司机伴着车子的马达声和喇叭声,"嗯"了一下。接着售票员在嘈杂的车厢中传话说:"石匠棚停,有下客。"这时,司机早已心中有数了,稳稳地停在石匠棚面前。有时,售票员也会提前主动问乘客:"石匠棚下车有哦?"我会心生快意,感觉甚好。我快快起身,挤出人群,朝车门挪去。下车后,迎面便是熟悉的石匠棚。我们放下行李,在石匠棚旁边站一会儿,缓口气,歇一歇,再继续往家走。

石匠棚成了我们村无人不知、家喻户晓的地标,也成了没有正式命名和站点标注的公交站。

如今,在我村段的甬梁线两边,村民住宅、商用房屋拔地而起,石匠行业萧条,石匠棚早已不复存在,连一点痕迹都没有了。但是,在我们心中石匠棚的地标名称还在,甚至在村民的心中也永远抹不去。直到现在,许多年轻人驾车出门或从外地回来,要在这附近一带下车时还会说:"在石匠棚停车""我家就在石匠棚周边"。

怀亲亭

亭子也称作凉亭,它一般建造在大路边和村庄口,既是一个定位的地标,也是彰显当地历史文化的古建筑。常常被人们命名为"迎客亭""平安亭"。

我们村的那个亭子且叫"怀亲亭",在村口的大路旁,位于甬梁线北侧,紧贴村里的东绕河边,由爱乡楷模陆章铨先生投资建造。怀亲亭黑瓦红柱、飞檐翘角,古色古香,刚建好不久便吸引了许多人到亭子里拍照留影。我五岁时,母亲牵着我的手在怀亲亭拍了一张黑白二寸照。

亭子四面透风,四面采光,朝南而立,东首的东绕河直通村庄北面广袤的田野。东绕河两边的河床是村民生产活动的主要道路。这是村里通往田畈的一条机耕路,路基高,两边杂草丛生。村民挑着稻谷、稻草重担路过这里,会在亭子里歇歇脚,讲农事,谈农技,大家说得起劲,就会忘记田间耕种的劳累;遇到雨天,村民会在亭子里躲雨。亭子成了村民们避雨的好场所,亭子里的人挤得满满的,大家碰到的不仅是熟面孔,有些过路陌生人(外村人)也会在这里停留歇脚,看到东绕河清澈干净的河水,还会绕到河埠头洗把脸。

亭子又是一个没有命名且又没有标注站点的公交站。村民手里拎着篮子,或胳肢窝里夹着编织袋,聚集在亭子里等中巴车。或许是这里交通便捷,是通往镇上和县城的重要要道。村民但凡有大型的集体出行,或组织活动,都会在亭子里集合。亭子犹如宗家堂前,成为村民的集聚地。

小时候,我也常常去亭子里等待父母从田畈劳作回来,帮他们推一把车,或给他们送水递毛巾。过年了,父母带着我去余姚城里买年货,待逛完县城,返程骑行一个多小时后,坐在自行车横档上的我远远望见这个亭子时,心里雀跃感叹:终于到家了,身心的疲惫顿时被抛到九霄云外。

虽然怀亲亭现已无踪影,但它永远留在村民们的记忆里。

爆米花

饥馑年代,爆米花是孩子们的主打零食之一。在我记忆里,当用手拉车载着滚动式爆米花机的师傅一声拖长吆喝声响起,弄堂口立马直接排起长龙,接着"嘭"的一声响,一下子整个弄堂充满了烟烤香气和欢笑声。

那时候,物质匮乏,生活并不富足,每家每户把自家种的小杂粮,如豆类、番薯、玉米和晚粳米或年糕干变着花样进行加工,我们把这样的制作过程统称为"爆胖"。爆米花成了孩子们嘴里的"食宠",是他们最喜爱的零食之一。过年前夕,天冷了,西北风呼呼地抵达小山村,家家户户忙着准备年货时也忘不了炸爆米花。

从师傅嘴里喊出一声"爆胖啰!"这时,爆米花机旁已经聚拢一大群小孩。村里的人们熟知这个"集结号",纷纷拿出晒好的年糕干、当季的晚粳米、晒干的玉米粒。他们或拎着袋子,或提着畚斗,或抱着果桶,还不忘带上一小捆干燥的硬柴,奔往同一方向炸爆米花去。然后,依次排队,爆好一"车",向前移动一步,慢慢有序地挪动。

"爆胖"师傅把年糕干倒进被炭火舔黑的筒子里,用铁匙舀一丁点糖精,伸进筒内。然后,用加力杆和加力管拴紧机盖以密封。再将爆米花机架到炉子上,往炉子里添上柴爿后,将连接炉子的风箱一拉一推,火苗立即"呼哧呼哧"地往上蹿。他不紧不慢地摇着爆米花机,还时时盯着手摇柄上的气压表。一面让筒子里的年糕干受热均匀,一面添柴调节火候。大约过了十分钟,师傅抬起筒子,把筒子扭向长方形的竹箩,用麻袋罩住筒口。这时,孩子们最兴奋了,捂住耳朵,呼喊着向四处散开,师傅用加力杆穿过机口的小弯头,用力扳动小弯头,伴随着一声响亮的"放炮啰",爆米花"嘭"地炸开了。像变魔术似的,筒内食物膨胀了三四倍,白白胖胖、松松脆脆、热气腾腾的"年糕胖"就出炉了。四周弥漫着爆米花的香味,孩子们围拢过来,有的捡起来放进嘴里,有的抓一把装进自己上衣的口袋,热情的主人或小朋友掬一捧爆米花给其他等候"爆胖"的小孩,孩子们个个喜笑颜开。

爆米花

如今，爆米花机渐渐退出人们的视线，炸爆米花的场景更是难得遇见。一个春日的午后，我在家里看书，突然从窗外传来"嘭"的一声巨响，我急忙打开窗户，探出头，看见不远处烟雾一片，还围满了人，听邻居说是在炸爆米花。于是，在女儿的要求下，我拎着一桶从老家带来的番薯干，准备炸"番薯胖"。可是，当我递番薯干给那个师傅时，他摇摇手说："番薯干不能炸，糖分遇热后容易粘筒子。"听他说完这句话后，我想，这位师傅对炸爆米花是否有点外行？看似简单的炸爆米花，其实也有许多讲究。不同加工食材，有不同的多道工艺。比如像番薯干有糖分，在滚筒里炒制时，要把遇热回潮的气体排出，且多排几次，等完全干燥了，就不会粘炉，还会炸出色香味俱全的"番薯胖"。

回想儿时，记忆中充满了童趣。小时候，我也曾排队等候炸爆米花，欢喜地吃着大人们给我的一捧爆米花，刻意挑选焦酥的"年糕胖"吃得欣喜。每天放学回家，我会踩在矮凳上，很自然地把手伸进搁在壁橱上的饼干箱里掏爆米花，然后一边嚼着爆米花，一边做作业。

我想，现在的孩子们很少吃这种老式的爆米花，它大多用于婚庆嫁娶时讨彩头。即使电影院里"标配"的爆米花，也是通过染糖烘箱爆制而成的。小小爆米花，承载着儿时太多的记忆和乐趣。

菜 场

夏日凌晨四点半,天黑魆魆的,村子里很安静,村道的路灯已经熄灭,一束微弱的橘色的灯光忽明忽暗,摇摇晃晃,照亮村口的那棵三百多年的枫香树。村口突然传来"突突突"的机动车马达声,清脆响亮。灯光和马达声,仿佛替代了村里农家豢养鸡的啼鸣。村里的寂静就此打破。

那是从县城农批市场进货回来的商贩驾着机动三轮车进村了,他们载着满满一车货物到村里的菜场摆摊。与其说是小菜场,倒不如说是村里的路边摊。实际上是村道比较宽阔的一段,我们村的村民都称之为"下桥头"。"下桥头"位于村庄的北面,又要经过一座小桥。菜场呈"Y"字形,小溪穿村而过,商贩

菜 场

们搬下车上的菜蔬、熟食、禽蛋、猪牛肉、水产品等,整齐有序地摆放在路边的"摊位"上,随后他们在就近的点心店草草地吃些早点。每个摊位挨得很紧,转身便是一个摊,拥挤时村民得擦肩而过,要是迎面骑来一辆自行车,那就该靠边礼让。因此,村道边的这段立锥之地也成了"黄金地"。

东方露出鱼肚白,天渐渐亮堂起来,好像就在一瞬间,炊烟弥漫,开门的"吱呀"声和碗筷声不约而同地传来,村里的"买汰烧"们纷纷拎着篮子朝菜场走去。这些篮子五颜六色,都是用青竹篾或塑料带子手工编织的。如果去菜场不拎篮子,似乎不认为是真的去买菜。村民碰到拎篮的会主动问好:"去买菜?不知吃什么好?""挑不出,就随便买点。"买菜拎篮子是生活的仪式感。

菜场的交易随之旺了起来。这里的菜场不收摊位费,也有本村许多村民把自家种的玉米、青瓜、土豆、芋艿、空心菜等农产品挑到这里自销。他们摊开一只化纤袋垫上,再拿出一杆木秤和一把矮凳就成了一个简易的蔬菜摊。一些专门的摊贩则有固定的摊位,他们大多是邻村人,到我们村做生意,商品种类丰富,日进日出,是以摆摊为业的生意人。

后来,一些摊主为了能避免货物日晒雨淋,在路边支起了简易的棚子。有的摊主向菜场附近的村民租了闲置的小屋做暂存房、开超市、存放货物，"Y"字形的菜场显得非常臃肿，仿佛塞满了五谷杂粮的猪肚。上午九点左右，在一阵鼎沸的嘈杂声过后，菜场恢复安静，仿佛退了潮似的，空荡的村道上堆满了各种残次菜叶、果壳草屑。穿着黄背心的村卫生保洁员上场了，一手提着畚斗，一手握着扫帚，清扫村道，清运垃圾，还村道干净与整洁。

下午四点，菜场又准时开张了。但也不像早市那样热闹，这个时候已少了很多摊主，只有一些租房经营、搭棚摊位的摊主，还有一些自产自销的本村村民会在菜场摆开来。这个时候进菜场买菜的很少拎篮子，都行色匆匆。很多人下班途中经过菜场，顺便带点小菜回家。

村里的菜场已经有三十多年了，一直保持着原来的模样：质朴、实在，就像村民们的生活一样：真实、红火。

两篮杨梅

端午杨梅挂篮头。2019年端午节刚过,村里的龙回山、蛇头山,低丘缓坡上,人声鼎沸,村民们早早地起床,系着小竹笼,背上搁着钩子进山了。山里的杨梅熟了,像将要出嫁的姑娘等待新郎。昔日宁静的山野一下子热闹起来了,仿佛又回到了在生产队参加集体劳动,去山林里一起干活一起说笑的时光。

天气有点闷热,刚吃过午饭,父亲在家里堂前的穿堂风口处摆了一把躺椅,想睡个午觉,消消暑。刚躺下,鼾声还没来得及酝酿,就被一阵清脆的手机铃声打消了睡意。打来电话的是父亲的弟弟,我的小叔。

小叔在电话里说:"四佬,要吃杨梅你们自己去摘,我刚去过杨梅山,小年长得不多,趁早去摘。"

父亲说:"好,等孩子娘下班后,一起去摘。"

父亲把小叔在电话里说的话一字不漏地传给了我母亲。

小叔家的两株杨梅树上下紧挨,两树之间坡度较陡,加上杨梅树树冠笔直挺拔,这给摘杨梅带来了很大难度,爬树风险更大。他们一般都用带钩子的竹竿钩树枝摘杨梅。

母亲会上树,父亲则站在树下,伸手摘些生长在低矮处的杨梅。母亲爬树心不慌,脚不抖,身子倚靠枝干,把篮子挂在树杈上,一手握住树干,一手娴熟地采摘枝头又大又黑的杨梅。她稳稳地站在杨梅树上,耐心地一摘就是满满一篮。

站在树下的父亲给她当助手,接篮递钩子,还时不时提醒母亲:"杨梅树枝脆,看准,站稳。"他在下面也没闲着,虽然杨梅没有母亲摘的大、黑,但也大大小小地摘满了一篮。父亲蹲在树根旁,拿起包在袖套里的手机,看了一下时间,已是下午五点多。他说:"徕娘,收拾一下,还能赶得上末班车。"

原本耐心沉稳的母亲,这下心急了,他们之前说好把摘好的杨梅送到余姚,给孙女尝鲜。她用手抹了一把汗,和父亲搭乘村里人的电瓶三轮车回到家。

父亲说:"插上扁担,挑着走路利索点。"

母亲应到:"杨梅过夜不新鲜,趁早送去。"

于是,母亲没换衣服,连洗一把脸的工夫都没留,紧赶慢赶地朝黄箭山401公交站走去。平直的水泥路,母亲挑着两篮杨梅一口气走了三里多路,黄箭山公交站点就在眼前。由于下坡,母亲脚步大,走得快,扁担失去重心,篮环不听使唤,自私地滑出扁担,一篮杨梅散落了一路,瞬间,另一头的一篮杨梅也成了"陪葬"。两篮杨梅散落在路上,红了一地,还滚得老远。

母亲看着簇黑的杨梅心疼不已,一边不停地责备自己粗手粗脚,一边蹲下身捡拾地上的杨梅。滚得老远的杨梅被汽车轮碾压得面目全非,乘客和路人见了都说舍不得,不忍心,对失去那么好的杨梅感到惋惜。

辛苦摘来的杨梅,到嘴边了,却出了这么一个意外。母亲像水里捞盐似的拣了一些,两篮并作一篮,坐上了公交车。到了我家,她满脸通红,满头大汗,我连忙递水送毛巾。母亲再三叮嘱我,吃杨梅前洗一洗,然后把事情原委讲了个遍。我才深知两篮杨梅背后寄寓的深情。

奶奶的铜火熄

当凛冽的北风刮向爷爷奶奶住的老屋后窗的铁栅栏时,奶奶早已从床底翻出她心爱的"烘手神器"——铜火熄。

这只铜火熄有些年头了,被手摸得锃光瓦亮。我没有考证它的年份,反正它很老了。据说,当时每家每户都有火熄,多是嫁妆之物,材质有铜的,也有铝的。

奶奶的铜火熄圆圆的,像一只扁鼓,底部用厚实的铜条箍住,火熄盖上密密麻麻地打着无数大小相同的圆形小孔,有规则地排列着。火熄两边沿上焊接着拱形的拎环,拎环上雕刻着双龙戏珠的图案,俨然一件老古董,拎起来沉甸甸的。

岁月流逝,火熄盖上残留的黑炭和拎环上斑驳的铜绿告诉

奶奶的铜火熜

我,它不知已走过了多少春秋,在冬天发挥了多少次特有的作用。是啊,它陪伴奶奶走过了大半个世纪。

奶奶年岁已高,非常怕冷,整个冬天捧着铜火熜过日子。过去,家里没有暖手宝、热水袋,更谈不上有空调了,用火熜取暖是最常见的事了。奶奶坐在自家墙边晒太阳,然后把铜火熜放在膝盖上,双手则平放在铜火熜上,左邻右舍见了都会赞她过得"惬意"。

东边山头刚刚露白,奶奶就起床了,开始在土灶的灶膛里点火,准备烧早饭。她先用稻草引燃火苗,然后慢慢放入爷爷事先劈好的柴爿。烟囱犹如打开了鼓风机的风箱,抽出浓烟飘出屋顶,灶膛里发出"噼噼啪啪"声响,有时还会传来奶奶的一阵咳嗽。不一会儿,汤灌水冒出热气,沸腾了,锅里也飘来米饭的香味。这时,奶奶把汤灌水灌进热水瓶。待灶膛里的明火渐渐熄灭,就打开放在一旁的铜火熜,用铁夹子小心翼翼地把灶膛里还未燃尽的木炭一块一块地放进铜火熜里,然后盖上盖子,用蓝色的正方形毡布裹紧铜火熜。这样,奶奶的"取暖神器"安装完工了,它也开始不停歇地散发热量为奶奶整日服务。

每到星期天,我们堂弟堂妹几个都会抢着烘手,奶奶自然毫不吝啬地让给儿孙们。奶奶经常对我们说:"只要这个火熜在,这个冬天就不寒冷啰!"她还会不停地问我们:"热哦,热哦?"我们看着慈祥和蔼的奶奶频频点头,"热的,热的,手也不僵了",心里充满了浓浓的暖意。

让我印象最深的要数在铜火熜里煨年糕了。

冬夜,屋外雪纷纷扬扬,我能清晰地听见西北风的呼啸声。奶奶将添了木炭的铜火熜放在堂前,让我烘手。那时的我很顽皮,缠着奶奶要好吃的,奶奶一脸戏谑地对我说:"馋痨虫爬出来啦,好吃的没有,只有冰冷的年糕。"话音刚落,我就冒出了在铜火熜里煨年糕的主意。

于是,我从冰冷的水缸里捞起两根年糕,切成几段,揩干水分,用油纸包起来,再用铁夹子扒开铜火熜里的木炭,放入年糕,然后盖上木炭和火熜盖。不一会儿,铜火熜里冒出了烟,我烘着手,闻着铜火熜里散发出来的香味,焦急地等待美食出炉。

突然,一股年糕的焦香味溢出,我连忙打开盖子,翻看放在铜火熜里的每一段年糕,有裂了口子焦黄色的,有变形起泡的,但都香味扑鼻,令人垂涎欲滴。我戴着手套,取出一段被灰裹满的年糕,轻轻一吹,又用手掸了掸,迫不及待放到嘴里。由于火候不够且没有翻动,年糕半生不熟。不过,我咀嚼着半生不熟的煨年糕,满足感油然而生。虽然火熜煨年糕不是什么美味佳肴,但我感受到了其中的无穷乐趣。

之后,我换着花样地在铜火熜里制作美食,比如煨大豆、煨番薯、煨芋艿等，而且越来越有经验，越做越美味，铜火熜成了我的"万能烤箱"。

奶奶的铜火熜不仅给我们带来温暖和乐趣，还解决了我生活里的一个困扰。雨雪天，我经常会弄湿鞋子和袜子，第一时间就会想到奶奶的铜火熜。只要在铜火熜上放一会儿，湿漉漉的鞋袜就干了。即使没有太阳暴晒，也能穿上舒适、干燥的鞋袜，奶奶的铜火熜简直是"烘干神器"。

随着时代变迁，生活日新月异，火熜渐渐地退出了人们的视线，取而代之的是暖手宝、取暖器、中央空调等先进的取暖设备，但奶奶的铜火熜永远留在我的脑海里，挥之不去。

乘 凉

夏至过后,酷热的太阳炙烤着村庄的角角落落,村里的小溪渐渐见底了,露出缠满青苔的鹅卵石,整个村庄暑气蒸腾。虽然村子镶嵌在青山绿树丛中,东边有龙回山,西边有大岙山,南边是化安山。不知怎的,到了夏天,太阳在任何一个地方都直照着我们,似乎没有一处能遮阴的地方,

村里经常有人说着这句俗语:"好汉不赚六月钿"。但村民们还是一如往常地顶着当空烈日的炙烤日出而作,日落而息,耕耘在希望的田野上。他们视田地为命根,把自己的劳作真情当作诗歌写在土地上。

入夏,田里有干不完的活。夏收夏种,拔草、除虫、清沟、施

乘　凉

肥。村民们常常把快乐时光缩短，艰苦岁月拉长，一如仿佛没有尽头的夏天。只有到了晚上，吃过晚饭，他们才有自己支配的时间。

白天烘烤过的村庄冒着腾腾热气，犹如一个大蒸笼，热得密不透风。村民们个个在家待不住了，他们的要求不高，只希望走出家门，能在空旷的地方有点凉风给他们解暑散热，就足够了。于是便有了乘凉的习惯。乘凉成了村民们度过夏天夜晚的唯一奢侈愿望，凉风是对他们最大的慰藉。

整天在田间劳作的村民，洗足了全身的"日光浴"，热气晒进了身体的每一个器官，太热了，晚上该静心排热了。真心盼望燥热的夜晚能吹来一丝凉风，或下一场大大的雷雨，浇凉暑气。实在受不了热气缠绕与折腾的村民们，胳肢窝夹着蒲扇，肩扛竹椅子，甚至还会在脖子上系一条毛巾，村民们走出家门挑一处四面透风的路口，或弄堂，或树下，或桥洞，或桥上，时不时地浸湿毛巾，用水敷脸或擦拭身体。直到深夜，还有人在桥洞里乘凉，许多人甚至还会在桥洞里过夜。

有时，村大溪两旁坐满了人，他们摇着蒲扇，时不时地用毛巾擦把汗，聊着田间农事、稻作长势，谈论着当年的气象、节气与当季作物的收成。他们中有些没上过学，只不过与农活打交道多了，似乎也懂得了不少天文气象知识。

乘凉少不了拿蒲扇，就像村民雨天出门带伞一样。蒲扇是用芭蕉叶或麦秆编织而成的，村里每家每户都备有好几把蒲扇，扇风不仅带来清凉，还可以驱赶蚊虫和飞虻。他们捏在手中的蒲扇大同小异，有塑料柄、毛竹柄。扇面有自然成形的芭蕉叶，也有麦秆编织而成的圆形、桃形。扇柄缠着塑料带，柄尖挂着流苏。蒲扇的外沿都用五颜六色的边角料布包边，这是为了避免蒲扇毛边露出针线，不易破损，耐用，牢固又好看。

夏夜，村民们还会把桌子扛出门外，在家门口的道场里吃饭。或从家附近的溪坑，以及家门前的水井里拎几桶水，泼在道地上，让热气尽快消散；又把饮料、汽水、西瓜浸在清凉的井水里降温。村民们想尽一切办法来消暑降温，仿佛变戏法一样，以获得夏热里的一丝凉爽。

小孩子则早早地吃好饭，盯着大人，不停催促快快吃完，心想着等大人收拾好碗筷，他们好躺在饭桌上，吹着自然凉风，看满天星斗。看着孩子们迫不及待地想躺在桌子上的样子，大人又不放心两个孩子睡在一张圆桌上，蜷缩着脚，怕被挤下桌。于是背出搭在房间内的竹榻床，又在两头各放一条长凳，露天搭起了床，这就可以多躺几个孩子了。

露天乘凉，必定招来不少蚊子。这时，蒲扇发挥作用了，大人们坐在桌子旁，或竹榻床旁边，用蒲扇掸赶蚊子，不仅驱走了

乘　凉

蚊子，还送来了清凉。又或者在桌底下点一盘绿色的蚊香，放在铁盘里，蚊香像民兵连队民兵打靶的靶盘，一圈一圈刺鼻的烟熏晕了蚊子，使蚊子再也不敢靠近乘凉的人了。扇着扇着，孩子们也睡着了。

夏夜的凉风仿佛是一台天然的空调，在滚滚热浪中带给村民清凉。

古祠新韵

修建于明清时期的"源本堂"是一座陆氏家属的宗亲祠堂。原占地八百多平方米,坐北朝南,三进式合院平面布局,砖石混筑墙体。室内石板铺地,石门槛,大厅主堂结构复杂,梁托柱头装饰与木雕相饰,抬梁式梁架结构。梁柱连接均采用青石鼓状柱墩,前檐敞开,梁柱落地,有木雕、石雕、灰雕工艺,卷棚、斗拱、方椽、小青四方开砖,上盖小青瓦。整座祠堂格局方正,规矩有范,白墙黑瓦,高高的封火山墙高大,整座祠堂显得庄重大气。

祠堂存有其特有的属性:供奉祖宗,家属集会祭祀,处理族中事务,各房举行婚、丧、寿、喜事。大厅上悬挂着明清时期的"状元、进士、文魁"等匾额,其中"钦敬节孝"石雕圣旨碑尤为端庄。正堂柱上的对联"受皇封一麟三凤，告后人世代传颂"和戏台外一进门柱上"飘然词气欲凌云，四陆家声海内闻"时时告诉子孙后代，陆氏家族传承好家风和父子四进士浩然气魄。

祠堂随着历史变革和时间的斑驳，其内涵在变，结构在变，承袭的功能也不断创新。

1949年前，祠堂承担着培养农家孩子读书学习的作用，在村民口中被称为学堂。爱乡楷模陆章铨先生回忆说他是在这座学堂里得到启蒙的，他在十二岁那年还遇到了一位好老师陈布衣，因此受到了良好的文化教育和进步思想的熏陶。

1942年，浙东四明抗日游击队进入陆埠不久，派联络员陈布衣隐姓埋名，以教员身份作掩护，在十五岙村校任教。他既是学堂里的老师，又是三北游击司令部的特别联络员，在这里开展隐蔽战线上的战斗。很快，这座学堂成为浙东三北游击队司令部的联络总站，负责从南山下来的武装人员和三北进四明山陆埠军政领导的联络联系工作，同时开展传递情报，掌握敌情变化，宣传我军的抗战思想和战时捷报的工作，还发动建立村民参加护村队、民兵队。

学堂与时俱进，村里也更重视文化教育工作。从普及小学年级段的班级逐步发展到完小，真正成为小学一贯制六个年级段的学校，村里的孩子都可以在这里安心读书学习。这所学堂一度成为农家孩子免费读书的文化学校。鼎盛时期,还吸引周边乡村的部分学童到这里读书求学。

1949年后,村里的第一个大学生陆晓安就是在这里启蒙学习。后来,他在电力、动力学上颇有成就,研究电力维修和动力制造原理,参与编写了大量关于万用表维护与检修的书籍,如《现代农机》《浙江农村机电》等,先后在《余姚科技报》《标准计量报》《农业机械》等报刊上发表文章,多次参加农机动力机械技术发展学的学术研讨会。

二十世纪八十年代,村里有了一处新校舍,学堂就失去了供学生读书的功能。因年久失修,毁损严重,经抢救修整到目前的五开门,无前进和厢房的格局,主堂前面的东西厢房已成露天道地。学堂结构变了,面积小了,但人丁兴旺的场景时时呈现。村里常在这里组织开会,举办小型活动,聚集不少人气。后来,学堂被辟作村落文化官,仍人声鼎沸,里面设有放映室、棋牌室,这里还经常开展文体活动,开办法治教育、道德讲堂,简直成了丰富村民文化思想的精神家园。

尘封的弄堂

我的老家在余姚化安山下，一个叫十五岙的小山村。那里春天明媚、夏天繁盛、秋天斑斓、冬天静谧，我收获了童年难忘的幸福和快乐生活。

那时候，我家住桃园岭顶，那里有大片的水果园。老屋背靠大山，前面是一所村校——十五岙小学。门前两棵高过老屋屋顶的梧桐树威武挺立，一到夏天，树影婆娑，遮阴蔽日，成了蝉儿们的"乐园"。老屋是黑瓦石墙的矮平房，且与邻居紧挨，只留一条滴水缝，中间就是一条弄堂。我十六岁那年，家里从桃园岭顶搬到了位于甬梁线南侧的村联建房，但是爷爷奶奶还住在桃园岭，我经常跑进那条弄堂，转过几个弄堂口去看望他们。

2022年春节,我回老家拜访亲人,又一次走过陌生又熟悉的弄堂。农村多以一姓一房集聚居住,山民农居建筑风格也构成了独特的"弄堂文化"。当年没有门牌号,以"弄"命名着实方便,当地人一指弄堂就明白地理方位,彰显了上辈人的智慧。

每每见到这样的弄堂,不由得想起儿时情景,重温起童年生活。寒风中飘着细雨,我带着久远的记忆走进北墙门东边的东房弄。没有阳光,弄堂显得逼仄阴暗,昔日的热闹已荡然无存,只有布满青苔的卵石路、缠绕着藤蔓的矮石墙和积满灰尘的老屋檐。老屋与老屋之间留出的"过道",狭窄、幽暗且古旧。这样既有年代气息又有亲切感的相邻带给这里的人们生活起居上的极大方便。东房弄与四房弄隔着三房弄,三房弄与四房弄相邻,三条弄堂构成一个平躺的"目"字。弄堂相通,居民相亲,走出老屋便是弄堂,村里人或串门,或买菜,或生炉子,生活的担子都在弄堂里进进出出。即使向村庄东边的大路走去,便是连接省道的"东山亭",但人们出一趟远门,还是要走过熟悉的弄堂,这可能是一种习惯与亲近。

小时候,弄堂里常飘散着浓浓的烟火味,掺着饭菜香扑鼻而来,那是从并不密封的石墙缝里钻出来的。有时屋里会传来一阵咳嗽声、孩子的读书声、一日三餐的碗筷碰撞声和茶余饭后的欢笑声。我想,这就是山村农民的真实生活吧!走着走着,无意间瞥见石墙边的小沟里有浑浊的泔水并沉淀了的涨了肚的饭粒,一只馋猫与鸭子们正在津津有味地抢食吃。

在一条不长的弄堂里,我会热情主动地与乡里乡亲打招呼、问候。田畈劳作回家的叔伯、舅公们和溪东的阿丈、叔婆等上了年纪的人都会夸我真乖。到了夏天,弄堂里沸腾了,忙碌了一天的村民进进出出,肩上搭着毛巾去溪边洗澡,孩子们嬉戏玩耍捉迷藏,妇女们端着淘箩去洗菜、淘米,有些老人则慵懒地倚靠在石墙根,放下一天的劳累,毫无目的地打量着弄堂里进出的每一个人。晚上的弄堂像长满田螺的田沟,这时候,人们放下手中的活儿,该休息了,靠着椅背,拿着蒲扇在弄堂里乘凉聊天,弄堂风犹如安装了鼓风机,源源不断地为他们送去阵阵清凉。

黄家弄与下家弄平行,黄家弄呈"Z"字形,较长;下家弄与黄家弄相接并重合,下家弄略显狭短。父亲说,黄家弄里住的人家不姓黄,多姓陆、陈、邵、张、袁。听村里的老人说,黄家弄似乎与先贤黄宗羲的墓冢有关。

如今,弄堂已变得不再热闹,流失了往日的烟火味。虽年久失修的老房子斑斑驳驳,但屋瓦缝里长出了绿茸茸的苔藓。年轻人走出家门在外打拼,小孩子也跟随父母进城读书,居住在老村里弄堂的人口不断减少，唯有那高高的石墙和狭窄的石子弄堂依然存在。但是，这依然是我不会忘记的充满人间烟火的弄堂，是历史家园留下的弥足珍贵的记忆。

移 位

那时候,奶奶一直守在家里,有很长一段时间连村口都没有走出去过,真可谓"大门不出,二门不迈"。但她总是闲不住,生煤饼炉烧水、清理灶仓炭灰、缝补衣服裤子、擦桌抹灰掸尘,一日三餐安排得准时准点。她每天忙得好像排满了日程似的,有做不完的家务事。堂前悬挂的"上海"牌方形塑料挂钟是她的"好伙伴",干活间隙,她总是走到堂前,抬头看看挂钟。她一天不知要看多少次钟,当这只挂钟不准时,指针不会动了,但"嘀嗒"声还规律地响着时,奶奶很确定地说:"阿科,挂钟的电池电力不足了,赶快换上。"

我说:"嗯,好嘞,马上换。"

奶奶不知从哪儿找来两节同一型号但不同牌子的电池来,让我安装在挂钟上。

我在椅子上垫把小圆凳,这样就够得着钟表了。

奶奶扶着椅子说:"小心点,站稳了。"

我稳稳地站在圆凳上说:"放心吧,学校里体育课上老师叫我们练习过平衡。"

奶奶似懂非懂点头:"那好,那好。"

可是钟表挂在吃饭的圆桌上方,与桌子垂直,凳子放在圆桌边上,我斜着身子只够得着,但摘不下来,只差一点点距离。

于是,奶奶突然冒出个词来:"移位。"

我说:"怎么移啊,移来移去,还不是在圆桌边缘。"

奶奶接着说:"我的意思让你把桌子移位。"

我豁然开朗:"奶奶,我明白了。"然后给她竖了个大拇指。

眼镜框里透出奶奶的微笑,她用手指朝着我点了几下。我领会了奶奶的意思,与她一起挪开了圆桌,把凳子放在钟表正下方,然后顺手摘下钟表,打开后盖,换上电池。钟表开始"工作"了,仿佛上足了发条,发出"嘀嗒,嘀嗒"有节奏的声音。

奶奶虽然一大把年纪了,但还是不停地为儿孙们的生活琐事操心。几个儿子住在她家附近,她操心农忙时儿子们有没有茶水喝、晒的衣物会不会有人收。儿孙们的午餐以及生活琐事总是由奶奶搭把手,她就像大观园的大管家。白天儿孙上班上学,爷爷去村菜场摆摊做生意,家里只剩下奶奶一人。是她守着我们一大家子,时时关注着天气阴晴变化,若下雨了,关一下门窗,收一下晾在道地里的衣服;天晚了,赶一下鸡鸭进笼。这些事情,奶奶都会比我们提前想到,提早做到。

奶奶虽然不识字,但很懂做人的道理。她对晚辈要求严格,常教育我们如何做人做事。她常说"吃亏就是便宜""做人要谦让",这些话语深深地印在了我的脑海里。她是这样说也是这样做的:经常帮邻居翻晒谷子、收晾衣服、赶鸡鸭进笼;农忙时节帮助邻居烧饭做菜,忙得不亦乐乎,赢得了左邻右舍的交口称赞。

北墙门的阿来叔公经常讲:"侬阿娘(奶奶)是天底下吃苦最多的女性之一,要拉扯大你叔伯六个儿子,真的不容易。她省吃俭用,起早摸黑,缝补浆洗,烧火煮饭,样样能干,就是没有享受过一个清闲日子。"令奶奶欣慰的是,她的几个儿子互帮互助,在村里是出了名的,对父母也是最孝顺的。

读小学时,我常在奶奶家吃中饭。奶奶吃完早饭就开始准备中饭了,生怕耽误我上学。她一般上午九点钟就开始烧午饭,下午三点钟准备晚饭行当,雷打不动,仿佛这些时间段是她的上班时间。还不到放学时间点,她就把做好的饭菜端上了桌,站在门前的枫树下翘首以盼。所以,奶奶对堂前墙上的这只挂钟十分关注。

吃饭了,餐桌上虽没有大鱼大肉,但她总是换着花样烧菜。吃饭时,奶奶总要讲几个勤俭节约、爱惜粮食的故事。她很喜欢我去她那里吃饭,当我频繁地夹菜时,她会和颜悦色地说:"稍微省一点,多吃饭,菜、汤和着吃好,喝汤的人更孝顺。"吃着吃着,奶奶把咸肉蒸蛋移了个位。我默不作声,觉得委屈,心想奶奶真是个小气的人。半碗饭还没吃完,堂妹放学回来了,老远喊着:"阿娘,阿娘。"看到奶奶高兴地送碗递筷,原本心里生闷气的我恍然大悟,心想,奶奶不但不小气,还不偏心。想必这肉蒸蛋她自己是没有口福的了。

我渐渐地明白,奶奶对儿孙是一视同仁的,她更认为好东西要给更多的人分享。现在回想起来,在奶奶家吃饭时学到的全是做人的道理。

厨师陆鎏奇

一

陆鎏奇是我小学同班同学。他家在村里的樟树下,我家在桃园岭。村子呈倒着的"匡"字形,村民住宅由南往北,依山而筑。我住在南边,他住在北边,两家相差一段距离。学校位于我家东南边,我上学路很近,他比我远些,但几乎每天他都比我早到校。于是,老师把教室门的钥匙交给他,要他负责开门关门。

陆鎏奇学号"2"号,我学号"3"号。那时,学号并不代表成绩,也不是按年龄大小排列,是按照开学报名的流水号来确定的。老师为了方便分组,利用学号排值日表。陆鎏奇皮肤黝黑,长得高,约莫高出我一个头。他坐在最后一排,我坐第一排。

当语文老师念到"金风送爽"这个词时,我转过头,看了一眼陆鎏奇,他犹如步枪上的瞄准器,早已对准了准心,朝我抿嘴笑了一下,似乎我们俩心里打定了暗号。

　　班级里顽皮的同学很多,他是其中之一,具有"号召力"。他是同学们中的高个子,像一个孩子王,在校园里折树枝、掏鸟窝、爬围墙,好像做坏事少不了他。有一次,上音乐课前,他居然掀开了风琴的盖子,用手捏着蜷缩在琴柜里刚出生的红皮老鼠展示给同学看,吓得女生个个不敢靠近。学校里常常有人叫他"吵客大王""成事不足败事有余",这并不是给他取绰号,而是让他认识错误,改正缺点。老师看到他既好笑又好气,也没有好办法拿来治治他。"再吵叫你姆妈来",一句话使他低了头、红了脸。人好比大自然流淌的水,利用好了,变成水资源,造福人民,一旦奔腾泛滥,就成了洪灾。班级里三十二位同学,男生占了一半多。男孩子童年的天真与顽皮怎么也抹不掉。老师想了一个"以吵治吵"的办法,由陆鎏奇当纪律委员,管班级纪律。果然,老师的"妙招"得到校验,发挥了陆鎏奇的号召力。他以身作则,带领同学自修课看书,早读课大声朗读,全班纪律良好。周一操场上集会,我班受到值周老师表扬,获得全校优胜荣誉。这似乎与他要做"领头羊"的好胜心有关,不但管住了自己,也为班级争得了荣誉。后来,他还当过班级里的劳动委员。

在一个炎热的暑假里,我发烧了。父母在离家两公里远的镇上上班,我只好昏昏沉沉地在家等父母下班。那时,村卫生室设在陆鎏奇家正对面,仅隔一条宽不过两米的村道。我觉得发烧等于生病,便把自己当病人看待,也不想一个人走那么远的路去卫生室。担心与害怕好似一只小鼓敲打着我的心,使我忐忑不安。

母亲下班后,骑着自行车带我去陆鎏奇家对面的村卫生室。只有一间门面的卫生室坐东朝西,被分隔成几小间。从外间到里间分别是挂盐水区、注射区与配药区,一间比一间昏暗。村医陆友芬,我们都称她"友芬姆妈",她从椭圆的铝盒子里拿出水银体温计,放在我嘴里。在我母亲与友芬姆妈的搭话声中,陆鎏奇跑了进来。他家与村卫生室相对,他经常窜进窜出,喊得一声"友芬姆妈",便有一种讨了她喜欢,就不会给他打针了似的便宜。他见我在卫生室就停下来了,毫无顾虑地说着自己曾发烧的一二。

三分钟后,友芬姆妈从我嘴里取出体温计,举起对着微弱的灯光,读出了四十摄氏度的体温。她说,要挂盐水了。听到挂盐水,我吓出一身汗,以为病情很严重了。那时候,小病小痛以打屁股针为主,哪有要输液的呢?

陆鎏奇安慰我说:"挂盐水好,打针痛。"他还给我列举了村里的好多人挂盐水退热快的例子。

但我害怕挂盐水,心中打起了不安的鼓。

友芬姆妈指着陆鎏奇,说:"这小子胆子大,上次脚腕磕开,缝了三针都没出声。"

我心里暗想,是不是因为他经常在村卫生室串门,所以觉得在那里打针不痛,生病也不害怕了。

二

小学三年级,陆鎏奇家开起了点心店。两间坐西朝东、面向卫生室的平屋,右边窗户用木板组成,连着一米多高的柜台,单扇小门窗朝北开。案板上油条、肉包、花卷、馒头、蒸笼一字排开,品种多,花色丰富。他父母做早点着实动了一番脑筋和费了一番精力。

他家在樟树下,离村菜场近,无论是买菜的村民,还是从邻村庙后村去上学的学生,都会走这条宽不过两米的村道,经过陆鎏奇家门口。人多了,生意自然也旺了,他父母经营这家点心店,常常忙得不可开交。有同学上学或放学回家路过这里,也常见陆鎏奇帮助他父母打理点心店,比如炸油条、生炉子、收钱算账,他替父母做着一笔笔的生意,俨然一个"店小二",成了小小"生意人"。因此，他每天很早就起床了。

那时，我们并不夸奖他勤劳，也不过问早餐店生意的好坏，只是羡慕他能吃到花样丰富的早点心。路过店门口，张望进去，只是笑笑，或者到里面坐一会儿。到了学校，同学们会聚在一起把今天早晨看到他帮父母打理点心店的行为议论一番。

农村的孩子是放任野蛮生长的，犹如弄堂围墙上的藤蔓，坚韧不屈，"春风吹又生"。打弹珠、溪里洗澡、山上摘桑叶、泡桐树上捕知了，村里的一切仿佛都是属于孩子们的。

渐渐地，长大了。1999年，我家从桃园岭搬进了靠近省道甬梁线南面的村联建房。过了不久，他们家造起了两间三层的自建房。离我家近，南北相隔一幢联排村联建房。不知道为什么，住得近了，联系反而少了。或许是各自为事业、生活忙碌奔波，而没有了一起坐下来聊天的时间。

之后，他一直为事业打拼。有一段时间，他曾跟着他堂哥在省外开水暖店，而后又在自己家里办过五金加工厂。他从小胆大，敢于闯荡，喜欢尝试，又闲不住。一次次创业的艰辛也没有让他知难而退。不甘示弱的"吵客大王"，又学起了烹饪。"吵"的人也是聪明人，现在他厨艺高超，是远近闻名的农村厨师，已成了"红人"。

2022年中秋节那天，我回老家，走在村卫生室前的村道上，恰巧碰到老同学——厨师陆鎏奇。他给我讲起了艰难的创业史：乘着兴起的农家乐东风，在村附近的国道甬梁线与温泉路口租用了八间朝南的店面，办起了农家乐餐饮店。陆鎏奇从小能吃苦，会打理，农家乐做得风生水起。前来当地旅游的客人络绎不绝，进了他的店后，又带来一波又一波的餐饮生意。他不但自己下厨，还雇了厨师和帮工，在经营好店里生意的同时，还承接宴席和外送业务。

"两个女儿很懂事，大女儿读初中，小女儿读小学一年级。"陆鎏奇眉开眼笑地说。

老　屋

　　老屋已荡然无存,但我依然记得它的样子。

　　我的老屋在桃园岭,是二十世纪八十年代建造的。面积不大,只有一间半房屋,石头墙、黑瓦片、毛竹椽子、木横条。老屋坐西朝东,双扇大门朝东开,而且与三爹的房屋连梱,共用一个堂前,两家人进出同一扇木质大门,堂前顶部挂着红色的上梁布,布上沾满了蜘蛛网和灰尘。只有十二平方米左右的房间里浇筑了水泥,粗糙得像磨砂玻璃的表面。房顶用化纤布缝起来,掩盖木椽柱,当作天花板。随着时间流逝和灰尘积压,化纤布松弛了,像个悬挂在空中的热气球,下边成了圆形。夏天,化纤布上的空间成了老鼠们出入的"领地",时不时地会听到老鼠风驰电掣般的逃跑声,仿佛它们在空中又安了家。父亲会卸下化纤布的一角,去清理老鼠偷吃后搬上去的果皮果壳。

老屋南面是长方形的竹园,青石垒起的矮围墙和弧形水沟绕过老屋和竹园,以水沟为界,与老屋之间的竹园便是院子。院子里四季常绿,瓜果飘香。茂密的四季竹、葱茏的香樟树,还有一畦畦的豆荚和青瓜,与紫色的牵牛花缠绕在父亲搭建的竹架上,慢悠悠地攀爬,整个院子尽显勃勃生机。

我七岁那年,放暑假了,母亲带我去镇上裁做夏衣,顺便买来半斤枇杷给我解馋。吃完枇杷,我把几粒褐色的圆滑的核埋在院子角落,观察它的生长。当我过完第二个暑假时,那几粒不起眼的枇杷核居然长出了嫩绿的叶子,毛茸茸的,叶边带有锯齿,还沾着晨露。我十二岁那年金黄的枇杷挂满了枝头,终于不用花钱买枇杷了。但没有嫁接、施肥的枇杷酸涩,总不及镇上买来的美味鲜甜。母亲常说,原汁原味,将就着吃吧。

小时候的老屋是热闹的,常有隔壁的小伙伴来我家玩。一到夏天,小伙伴来我家玩耍的又多了几个。我们在树下打弹珠,连树上的蝉也耐不住寂寞,"知了知了"地叫个不停。在老屋前的南面有一张"乒乓球桌"——洗衣板。洗衣板是水泥浇筑的,板上留有母亲洗过衣服的痕迹。一放学,住桃园岭的同学第一站就到我家一起打乒乓球。同学们在洗衣板上横着架起一根

老 屋

木杆,把水泥板分成两半,木杆当球网,然后争先恐后地抢着打球。水泥板的小,限定了同学们的打球范围;水泥板的窄,加快了球员们左右开弓的频率。有时,球会打在水泥板的毛刺上,不经意间就转移了方向,往往导致球接不住,同学们只好扫兴地重新开局。

水泥板下面堆放着父亲劈好的柴爿,纵横交错,柴爿上面盖着一层尼龙纸,这样既利用了空间,又避免柴爿遭雨淋。每年的台风季,是父亲最担忧的。他会在台风来之前,和我三爹一起架上梯子,把屋前的两棵泡桐树的枝条整理得干干净净,像剃头似的。还要爬上屋顶修整瓦片,筑漏,避免被台风刮断树枝压坏老屋,也防止雨水淋进屋里。

1995年7月,一次台风把老屋堂前的两扇木门吹倒了,黄泥石墙渗水严重,后门环绕老屋的弧形水沟雨水漫溢,漫过石门槛。我们连夜转移到位于桃园岭下方的舅舅家里。

这样令人胆战心惊的事,常在父亲心头挂碍。于是,父亲向村里打报告要求审批地基,建造房子。

1997年村里规划在甬梁线南,村庄以北,建造村集体联建房,把我家也列入安置对象。

1999年夏天,十四套村联建房建造完工,可以交房了。我们最终以抓阄的方式分到了朝南中间套(户)包括一个天井、两间平屋和一个道地。

后来桃园岭一间半的老屋以五千元的价格卖给了三爹。四年后,三爹整合宅基地和老屋,重新建造了朝东的两间两层砖混结构楼房。

一把木杆秤

"满身花纹影如蛇,空闲日子墙上爬,十斤百斤肩上过,一五一十不虚夸。"父亲说了这样一个谜面,让我猜谜底。我想了好久都猜不出是什么。于是,父亲从木摇门后,拿出一把木杆秤。这把木杆秤已经留存三十多年了,看上去虽然老旧,但仍发挥着它应有的作用。这与父亲的细心爱护和精心珍藏有关。

木杆秤长约四十厘米,圆柱体,由檀木制作而成,秤杆上点缀着凌乱的白色定芯,且有规律地间隔标注着数字。圆柱体的大头上穿挂着"八"字形的铁钩,像人的八字胡;一个塔状秤砣拴着长长的尼龙绳,秤杆上还扣着里纽和外纽。这是一杆市斤秤,是利用杠杆原理测出分量。父亲常常把它挂在门后面,一则不让被人发现，否则会被认为是精明人；二则为了不被折断或暴晒。

我小时候，看到父亲捏着秤上的绳子，钩上一袋东西，一手打着秤杆上挂着的秤砣，仿佛在变戏法。我感到好奇，也想尝试称物品。父亲让我试着称大米，他把刚轧来的米装入塑料袋。我捏着木秤上的纽钩住米袋环，把秤砣套进木杆，没等秤杆稳定，秤砣像坐滑梯一样滑落下来，根本称不出重量，读不出数据。在一旁的父亲哧哧哧地笑。我继续称重，把秤砣放置在外边一点，但秤杆向外倾斜，又不平衡了。木杆秤犹如猴子般狡猾，不听使唤。我怎么去掌控它的重心也无济于事，秤杆和秤砣之间总是不协调。

父亲告诉我，他称东西时，先估计物体的重量，把秤砣扣在估计的刻度上，这样一旦称起来浮动不会太大，然后微调即可。原来这是使用木杆秤的技巧和方法。父亲还告诉我另一种称法：为了方便把要称的重物固定在秤钩上，就把地里的青瓜摘来放在篮子里，然后，用秤钩钩住篮子，与青瓜一起称，之后拿出青瓜，再称篮子，就可以计算出青瓜的重量，这就是我们通常所说的"去皮"。

我家的木杆秤以市斤刻度，我常常会把公斤和市斤搞混。父亲告诉我一公斤等于两市斤，当市斤换算成公斤时要乘以二。

一把木杆秤

渐渐地我对木杆秤有了更多的了解。

过秤、报数、记入簿。这把木杆秤无论是称菜称物,还是称家禽牲畜,都十分精准。左邻右舍也经常来借用我家这把木杆秤,称废旧的纸板箱、旧报纸、甚至还会称小件的螺丝螺帽。只要有对物品重量需要一个确切的数字时,就用这把木杆秤来试称,它总能给出一个精准的答案,从而让人信任。

后来,为了更加完好地保存这把木杆秤,父亲把秤杆套在一根塑料水管里,把秤砣挂在干燥处,防止时间久了,秤杆上的定芯模糊,以及秤砣生锈而造成秤花偏颇,影响精准度。

这把木杆秤至今还留在我的老家,替代它的是磅秤、电子秤,但家里要称一些小物件时,还是会想到它,去用它。木杆秤犹如父亲的性格和为人,宽宏大量,做事公平公正,实事求是。

理 发

在我童年记忆里,父亲一直是位朴实的人。

爷爷有六个儿子,父亲排行老四,兄弟间称他为"四佬"。他常常穿着一件灰褐色翻领的夹克衫,领子洗得发白,袖口磨破了好几处。他每天骑着一辆锈旧不堪的"杭州"牌自行车,白天上班,下班后第一件事是去田间地头"巡查"每一处庄稼作物,有时卷起裤脚直接就下地了。

那时候,贫穷犹如田边的野草怎么也拔除不尽。为了节约生活开支,父亲学会了理发。因此周围的侄男侄女都亲切地称他为"轧头阿叔"。那时不管理发师手艺如何,只要定期可以理发,也没有什么讲究。把头发剪得短一点就好了。所以邻居和

理 发

几个兄弟姐妹,随时都会请我父亲为他们理发。

一把黄得褪了色的梳子、一块深蓝色的襁布和一把圆规式的手动理发刀就是父亲的理发"专用工具"。理发前,父亲还会把推剪、梳子等工具清理一遍,给削发剪和牙剪拧一拧螺丝。

夕阳爬过了山头,天色渐渐暗了的傍晚,只有这个点才是为他们理发的最佳时机(白天上班没有时间)。理发刀在父亲娴熟地推剪下发出"咯噔、咯噔"的响声,就像是在农田上犁地一样。三哥看到大哥在理发,站在一旁等着。没等大哥起身,三哥就坐下来说:"四佬,我的头发也很长了。"说完,笑得耸起了颧骨。时间如白驹过隙,突然整个村庄变得安静了,饭菜飘香扑鼻而来。晚饭时间到了,刚下班的母亲觉察到汤罐水还是凉的,就大声责怪起父亲来,还要父亲"汇报"下班后干了哪些事。父亲只是红着脸"哧哧"微笑,有时会找个合适的借口来搪塞。为了给他们理发耽误烧火煮饭是常有的事,其实母亲也知道他是给人理发了,但生气还不是因为延迟了汰菜、做饭时间了嘛。

有一次,父亲像往常一样给我理发,他时而推剪,时而用牙剪打薄,用心地修剪我头顶上的每一寸头发,还自言自语:"这发型剪得比专业理发师还精神。"我心里暗暗高兴,看着周围同学梳着中分、西发等发型,我也想整个新发型,在同学间出出风头。那时候，没有大镜子，只有母亲婚嫁时的手持圆镜，局部照镜子，也看不出什么花头，自己也看不到整体效果。

第二天一早，上学路上碰到不少同学，相互嬉笑，招呼问好。但同学们见我说的第一句话是："你理发了"？

我说："是的，理得怎么样，还行吧？"

陆鋈奇说："今年流行中分，你剪得也太短了。"

张宇孟说："头发像刺猬，太爆炸，不符合学生身份。"

我心里无奈又苦恼，心想，父亲这次理得出洋相了。

我理直气壮地说："这头发是父亲给我理的。"

听我说完，同学们哈哈大笑，双手朝后，托着书包奔往学校方向。

我仿佛头上被泼了冷水，一脸茫然，赶紧跑去学校。教学楼一楼的假山前，有一面长长的镜子。我站在镜子前一照，顿时，伤心与后悔在心中升起。既对头发短而不齐整感到伤心，又对被同学笑话感到不解，后悔不该让父亲理发。上课时分心，下课后闷闷不乐，恨不得把剪下的头发一根一根都接上，换回原貌。

放学回到家，我便向父母发了脾气，还默默地掉眼泪，并扬言明天不再去上学，等头发长成原貌才罢休。父亲说，发型的好坏没有标准，理得短显得干净整洁，再说夏天快到了。母亲苦笑着对父亲说，孩子逐渐长大了，什么事情都马虎不得。

修车铺

二十世纪八十年代初期，自行车作为个人出行的主要交通工具，成了村民们生活的重要组成部分。大人们工作、上街赶集、买生活用品需要骑自行车，学生上学也要骑自行车。自行车成了村民们形影不离的"伙伴"。

自行车的款式、型号、产地各不相同，有三角档款式的，也有十五英寸没有三角档的。有全包链的，有半包链的，各式各样的自行车穿梭在大街小巷、村头村尾。

那时，以自行车代步着实方便，哪怕自行车上装点重物，或多载一个人都是常有的事。我也脚痒痒的，骑着家里的那辆"凤凰"牌自行车到处转悠，有事无事兜兜风。只要一骑上自行车，仿佛身上有用不完的劲,脚踏板上下翻转,驱动两个轮子飞快转动,感觉自己身轻如燕,在晒场上舞动。

村庄中间有个修车铺,地处热闹地段,车来人往,熙熙攘攘,常常聚满了一大堆人。

修车铺的主人叫阿通,他的真实姓名很少有人知道,大家都叫他阿通。他的两间砖瓦结构的平屋,门朝南开,门前的一条石子小路向东通往溪东的大路。屋檐上搭出一个石棉瓦的雨棚,像极了太阳帽的鸭舌,进屋还要跨上两级阶梯。

两间平屋,一间是住宿、厨房于一体的生活用房,吃住在一起,十分简便;另一间则是他的修车铺。修车铺里面阴暗潮湿,地面黑魆魆的,犹如倒翻过墨汁没擦干净似的。墙上挂满了大大小小簇新的自行车轮胎,地上摊放着一堆拆散的自行车零件。一间约九平方米的修车铺,堆放得满满当当的。人往屋门外一站,一股浓重的橡胶混杂着油料味扑鼻而来——这是阿通修车铺的排场和标签。

村民们骑车路过修车铺时,都会主动停下来推着车缓缓走过他门前。有充气的,有找他补胎的(半路上胎破了推着来的),也有和他打招呼聊天的。有时,他把修车的摊子放到石子路上,原本并不宽敞的小路被占据了一半,因此,村民不得不下车推着车子走过这段路。

阿通为人忠厚老实，说话声音轻，做事认真，修车仔细，收费合理，"抹个零，凑个整"是常有的事情，从不斤斤计较。村里人都找他修车，因此他的修车铺生意好，自然也忙了。常常看到他戴着老花眼镜蹲在修车铺前，不是补车胎，就是在翻找自行车零配件。在大多数人还在用旧车胎皮锉磨贴补的方法时，他已经用热补丁了，不用锉刀锉磨，只要在车胎扎破处锉磨，再用胶水涂抹轮胎扎破处贴补即可，这样既方便又省时。

那时候，充气免费。我骑车路过他的修车行时，总要停下来给轮胎充充气。出于礼貌和尊重，每次充气都要经过阿通同意。

我好声和气地说："阿通叔叔，我充气。"

他直起身抹了把汗，轻声说："打气筒在门后，侬自己充嘛。"

我从门后拿来打气筒，给轮胎充气。由于个子矮，力气小，手动的打气筒要使劲上下按压，往往会夹住我的衣角，打气筒的活塞杆又涂了机油，导致我经常不但没有给轮胎充足气，反而把裤子弄脏了。我心里不是滋味，赶紧找阿通帮忙充气。阿通在一旁蹲着校准自行车轴承，他直起身子，不紧不慢地帮我充气。

那时候，他已经有了一辆黑色的二轮摩托车。我常常会在半路碰见他，他装着满满的自行车零配件，从陆埠镇上匆匆回来，一路上春风满面，有时身上斜套着自行车轮胎，仿佛系了安全带一样。有时，一天时间他会来回跑好几趟。阿通说，虽然是那么小的自行车，但是零配件很多，各种型号的配件一直要备着。

随着电瓶车、小汽车进入家庭，自行车已经不再是主要的交通工具，而成为锻炼身体，休闲娱乐的工具。阿通的修车铺也从村民的视线里隐退，他把修车用的两间房屋修缮一新后，租了出去。

黑　板

时光不语,岁月悠悠。我搬出了村里的老宅已有几十年了,但记忆里的石桥、樟树、弄堂、小店是刻骨铭心的,给了我童年的欢乐与永恒的回忆。

初春的早晨,风带着寒意,时阴时雨,我和妻子、女儿走在老村狭窄的村道,用手比画还原村里建筑的布局与情景。老村已完全失去了往日的热闹,即使遇到几个人也是陌生的,或者是那些年事已高的老人,或来的新余姚人。只有村道边的溪水在流淌,老屋瓦缝间的瓦松年复一年绿着。沿路由南往北行走,在一个竖"T"形的三岔路口,一块黑板勾起了我的回忆,我指着眼前的这块黑板给妻子、女儿讲起了许多年前的往事。

这块黑板位于离村小菜场约五十米，横在樟树下的小店与"酒店"（老屋名酒店）附近的小店之间。当年这里是一个非常热闹的位置，买菜的村民和去镇上赶集的人都会走过这条路。黑板"贴"在村民住宅房的两个窗户之间，长方形，面积不大，只有两平方米左右。这幢房子的主人是我父亲的大哥，我叫大爹。经过长期风吹雨打，黑板已经掉漆，模模糊糊，十分破旧。现在过路人很少知道这是一块黑板，只认为是墙上涂过一层黑漆。

但这块黑板对我来说有着特殊的情结与意义。我虽然不记得这块黑板的"诞生"时间，但是在黑板上，我写过许多"通知""招领启事""台风警报"等。服务乡里乡亲，宣传乡村农事，留下了深刻的记忆。那时候，我父亲的三哥（我的三爹）是村里的会计，他负责村务工资结算、村建工程造价等，同时，他还兼任后勤、内务、宣传的杂事。他工作十分认真，任劳任怨，村里人说起他，都会竖起大拇指，啧啧称赞。

二十世纪九十年代初，通信设备并不发达，电话还没普及，村里少数家庭虽安装了广播，但也常常因上班错时，听不到广播声。凡是村委接到上级有关部门和乡镇关于农业情报、台风警报、农作物防病虫害的通知时，都会用粉笔在村黑板上写出来，告知村民注意事项等。每到这时，我的三爹会主动承揽这活儿。

黑　板

　　每次接到写传达事项的任务后,三爹总会对我说:"阿科,今天一起去写一则通知,一是练练字,二是亮亮相,再说你上过书法兴趣班。"那是清明节前夕,村里接到了关于"如何早稻秧子育种,培育壮秧"的科普知识文件。时间很紧,清明谷子出畈是节气所定。于是,三爹背上高脚椅子,我拿着一盒粉笔、握了一把木尺,匆匆去那儿写关于宣传科普知识的文字。三爹在墙壁前架好椅子,并用手扶住,我小心翼翼地爬上椅子,根据文稿上的格式、排版,先用木尺打好框架和底线。然后,颤抖着手,按照文稿上的内容一字一字地写上去,连标点都不漏下。刚开始,我站在梯子上有点胆怯,颤抖的手脚做着虚劲,写出来的字不硬朗挺括,而且写着写着就把字写歪了,或者换行时,还会把字看串行。我一边写,一边不停地问三爹:"写得是否正直?有没有歪斜?"扶着梯的三爹不断给我鼓励与肯定:"写得很好,不过有点倾斜。"

　　这时,会引来了许多过路人,有调侃的人说:"某人的儿子'出山'了。"也有人问询:"这是谁的儿子?"一直在村校教书的陆老师说:"字怕挂,在黑板上把字写好不容易。"也有人说,这排字中,某几个字写得最好。我听到下面议论纷纷,站在梯子上涨红了脸,心里想走下梯子,看看自己的"大作",究竟写得怎么样。

后来,每逢台风来临的防台预警、病虫害来袭时如何治虫用药、科学使用浸种药水、失物招领启事、农民种粮补贴标准等都会写在这块黑板上。渐渐地,写的次数多了,胆子也大了,手脚更沉稳,写字刚劲有力,排版结构有序。此后,也练就了一手比较"好"的粉笔字。

虽然,这块黑板已经失去了它存在的意义,但我见到它时,感觉还是如此的亲切与熟悉。

双扇大门

"两只大水牛,牵拢碰一头"是民间俗语。小时候,晚上睡觉前,我总会让我父亲讲故事,猜谜语,他就编了这个谜面让我猜。

父亲说的就是家里的双扇大门。我对这双扇大门印象很深,走进老屋小院一眼就能看见,它陪伴我整整十八年。

我家老屋坐西朝东三间高平屋,左右两间包沿,中间堂屋拔廊,配木质双扇大门。早晨,阳光透过门缝照进堂前;晚上,月光钻进门缝贴在斑驳的泥墙上,仿佛与木门有着永恒不变的约定。

双扇大门由杉树木板做成,长约两米,宽约一米,摇门的外门面上挂着两片铁环，用手拉环关门，两扇门的门梃上装有铁扣，两扇大门的两边各设置摇杆，摇杆紧贴着门枋，上端用木扣作固定，下端嵌入石门槛上石臼孔内，关门时，摇杆会与门槛摩擦发出"吱呀"的响声。

白天，家里人出门上班或去田畈劳动，木摇门用老式的挂锁锁起来；晚上，就用粗大的门闩闩住，遇到大风大雨天还会加一根木棍拄起来。

遇到农忙时季，起早贪黑开门多，还会拉一把椅子抵着大门。大门也有它的"暗号"，仿佛解锁的密码，双扇大门只有开了一半，那就是只有轻便的人员进出；假如两扇都打开了，说明家里要搬运重物，或清理杂物。自行车进出时也会开两扇门。

那时候，换季更换被褥，晒被子时，大门也会派上大用场。把大门卸下来放在桌子上，用来铺着缝被子十分方便轻松；用两根木凳各放一端将门板搭起来，露天乘凉时当床；家里办酒席时，门板当厨板。

更有趣的是我和堂姐、堂弟一起捉迷藏，经常躲藏在大门后面久久不肯露面。后来，我上小学一年级时，堂姐上四年级。初入学，我就在大门上模仿学校老师在黑板上写粉笔字。我也模仿堂姐在双扇大门上涂鸦，把大门画得花里胡哨，还会在大门上算算术，写词语句子、标点符号及汉语拼音。

双扇大门挡住了不知多少风风雨雨,我一声声清脆的叫喊和哼唱,在大门内外响起。

如今,村里的双扇木质大门已经很少了,大家都换上了精致华丽的不锈钢玻璃门、自动卷帘门、红木实板门。

西 瓜

1992年,那时西瓜还是一种稀罕物,等花脆瓜、白菜瓜、黄金瓜陆续上市,西瓜"登场"了。一到夏天,一些"吃客"解渴、解馋的首选是西瓜。当家里请来泥水匠、木匠师傅或有亲朋好友的到来,热情好客的主人也会用西瓜招待他们。

大暑时节,太阳炙烤着石墙老屋,屋前的泥地冒着腾腾热气,只有门前两棵梧桐树受得住这个火热的气温,阳光直射让人觉得刺眼,抬头蓦见树梢在摇晃。树上蝉儿不知疲倦地"喳喳喳"地嘶鸣,会吵醒正在午睡的人们。这时,远处传来一声"谷调西瓜啰"的吆喝,我循着声音急忙从阴凉的树下跑出来四处张望,老远看见满满一车装着西瓜的"小四轮",在桃园岭陡坡

西 瓜

上爬蜒。我连忙从道地里跨过石门槛跑进里屋,叫醒午睡中的父亲:"后海头人来调西瓜了。"

那时,人们把收获后晒干、扬净的稻谷,精心地贮藏在自家谷柜里。然后,再走出家门向传来声音的方向张望。父亲趿拉着鞋,眯着眼摇晃着先走向谷柜边,敲敲柜盖,掸掸灰尘。

父亲朝着小四轮方向招手,随即"谷调西瓜"一声喊。那位司机在车内点头示意,立刻朝我们的方向驶来,小四轮刚熄火,还没停稳,他们"谷调西瓜,一斤(换)三斤,要调快来呵"随口而出。一位古铜色皮肤的中年男子,操着一口后海头方言走下车来。紧随其后又下来一位女子,斜系着背包,想必是他的老伴。男子说话声音有点沙哑,"8424,包红包甜""用谷子换,用钱买都可以"。说完,他低头弯腰捧起一个青皮大西瓜,用手指"嘣嘣"弹了几下。"今年西瓜长势好,成熟早,有些瓜儿'起沙'了。'8424'是西瓜当家品种,也就是老牌瓜,包红包甜。"起沙,这个词我并不陌生,父母常常在切开西瓜的那一刻,第一句话就说西瓜很好,起沙了。说明西瓜熟透了,瓜瓤深红,籽粒黑,汁水多。这时,我好想立刻吃上几口西瓜。

一方水土养育一方人,一方土地育一片好的庄稼。我们这里适宜种植水稻,后海头那片区域适合种植西瓜、雪里蕻、榨菜等农作物,长势特别好。无论种菽,还是种瓜,都是生活的主要来源。父亲用畚斗在谷柜里铲起谷子装入化纤袋，以谷子调换西瓜。满满的一车西瓜，有整个青皮的，也有淡绿波浪纹的；有干枯藤蔓的，也有新鲜缠叶的。根据父亲的经验，他挑选个头大小适中、藤蔓鲜嫩的装入谷箩里。后海头的夫妻俩用木棍抬起木杆秤，妻子稳操秤砣，眼顾秤芯，说："二十五公斤。"随后，又从谷箩里拿出西瓜，算一下谷箩的分量去皮，就计算出西瓜净重，再用木杆秤称一下谷子的重量。这样几个来回，谷的重量和西瓜的重量称得准确公正，价钿算得清清楚楚。又因都是自己种出来的，好说话，有时还抹零头，或送上一个小西瓜补差价。虽大家都会讨价还价，但最终都是说说笑笑，高高兴兴完成每笔交易。

这时，小四轮旁已围拢了许多村民，他们纷纷从家里背来稻谷换西瓜，原来狭窄的村庄小道变成了流动摊贩"市场"。有些村民为了尝尝西瓜是否甜爽，把刚调来的西瓜直接切开，看色相，尝味道，还分给周围人吃。他们会在树荫下摇着蒲扇，顾不得斯文，一屁股坐在石头上，啃着西瓜。刚牙牙学语的小顽裕裕，他吃得最开心，满脸都是西瓜汁，红瓤挂满前襟，还学着大人的样子，一个劲地说："脆、甜"，引得旁人哈哈大笑。

西瓜香甜松脆，吃不腻。由于谷调西瓜来得"容易"，大热天家里桌上常常有。父亲切瓜大大咧咧，对剖、对劈、对切；母

西 瓜

  亲切成斜的,稍微摆一下就成了艺术品;那我呢,取出西瓜,切一半,用调羹直接掏着吃。青青的皮、红红的瓤,诱人又馋人。西瓜有大有小,大的十多斤,我一趟又一趟地,把晒得火热的西瓜一个个抱到床底阴凉处,随它自然散热。由于房子简陋,也只有放在床底才不占空间,想吃的时候随时取用。要吃时,我会从床底滚出一个西瓜,浸在水缸里。或从五叔家门口的那眼井里提几桶水,把西瓜放入桶里,清凉的井水把西瓜泡得凉爽甜脆,吃起来不再是热乎乎软扑扑的口感。

  西瓜有多种形状,椭圆形、正圆形等,是让人难以忘却的瓜果类中的珍品。当太阳在山尖闭上了眼睛时,天色渐渐收拢了亮光,裹挟着热浪的风一阵一阵被吹走。大人们有的背着椅子,有的端出竹躺椅,有的索性扛出小圆桌,在道地里围在一起吃晚饭。相较闷热的里屋,外面凉快多了。孩子们则早已把目光转向水桶里浮浮沉沉的西瓜了,双手伸进桶内,捧起又放下,清凉的水不断往外溢。看着孩子们迫不及待想吃的样子,借着孩子的因头,解大人们的馋痨头。还没来得及收拾起碗筷,大人就把西瓜切开了,一丝清香扑鼻而来,鲜美的汁水也流淌出来。孩子们安静地坐在矮凳上,啃着西瓜,仰望满天星斗。

去下洋门看船

下洋门是一个自然村,现属于陆埠镇江南村,濒临姚江。小时候,我总坐在自行车的书包架上去下洋门。那时候自行车还没进入每家每户,我家的那辆"小凤凰"还是母亲结婚时的嫁妆。

逼仄的村道连接着田畈,村庄周围都是粮田那时,田塍也称为村道——机耕路。我一直觉得,老家离下洋门好远啊,去一趟下洋门算是出远门了。听母亲说:"我们是山里人,到了下洋门便为下畈头人。"下洋门的粮田比我们那里多,一望无际,过了田塍和江塘便是滔滔姚江。

母亲的大姐,是村校的一位老师。她嫁到了下洋门,我们称她"下洋门大妈"。因为有亲戚在下洋门,我们到姚江看船的机会多了。

每次听到去下洋门,我都会有一些小兴奋。也许因为姚江浩浩,也许因为那里充满水乡地域风情,也许是被江上帆船竞游景象吸引,也许因为那里可以寻找童年的乐趣。

泥石路上,车摇摇晃晃,一路颠簸。一下车没说几句话,约上老表几人,兴奋地跑出大妈家的后门,来到面朝姚江的后院去看船。正屋与小屋之间有一口井,旁边是一隅竹园。我会趴在井沿往里面照照,呼喊一声,听听回音,常常换来母亲严厉的批评:"掉进去,就没命了。"我只是敷衍地笑笑。竹园里几只鸡、鸭悄然穿梭在竹子与竹子之间,冷不丁地看我一眼。

我不是跟鸡、鸭去打照面,也不是怀着好奇心去看这口井的,我只是急切地想看看这里的船儿。我身居大山岙里,没有好水性,总有一种对大河、大江、大海以及水上航行船只的向往与留恋。静泊的船只不大,船体由水泥浇筑而成,船腹空,两头尖,和我小学课本中一篇题为《船》的课文里描写的一模一样。

那时,船是运输蔬菜和沙石的水上重要交通工具,它一头连着千家万户的生活物资,一头连着水上经济发展与船老大的生计。我驻足凝望,黎明在寂静中破晓,公鸡开始啼鸣,习惯了水生的鸟儿清脆地啁啾,橘红色的熹光渐渐地爬上地平线，一束红色的亮光倒映在平静的江面上，这里的船就起锚了。"呜——呜——"，我听见这个声音，仿佛从远处传来，又感觉那么响亮，近在耳边。也许这里的江面辽阔，也许船鸣习惯在这里准时响起。我在山里，从来都不会听到这样的声音，船儿载着生活的希望驶向远方。此时，我又闻到了一股从船上飘来的浓重的黑烟味儿，它一边前行，一边吐汽。

  我用力踏上临岸的一艘用绳索拴住的船。突然，船失去重心，左右摇晃，吓得我胆战心惊，赶紧立住，一动不动。船似乎一点儿也不听你使唤，仍起伏摇晃。原来船儿也欺生。我想，摇晃不剧烈，就不碍事，一艘宽大的船，岂能容不下我这个小小的人儿。我从船尾走向船头，举目远眺，一片茫茫，我的心境犹如江面一样开阔，转身，向东是大海。

  如今，下洋门一带建成了东港码头、物流公司，泊满了大大小小的货轮——运输船，东来西往的轮船装载满满的生产、生活物资，直接或间接地运往京杭大运河，进港出江，一派繁忙景象。

轧 谷

轧谷又称碾米。那时候,村里有一家碾米坊,位于村北面,祠堂旁边,由本村村民陆国兵经营着。凡是种田人家都少不了碾米这个环节,他们把种来的稻谷上交公粮后,留存一定数量的余粮作口粮,供应全家人的一日三餐。

轧谷是村民不可缺少的一项劳动。父亲也不例外,他把稻谷藏在谷柜里。每当米缸快见底时,会找个休息天,叫上我,搭把手一起去轧谷。

父亲准备好化纤袋,让我撑开袋子,他用畚斗从谷柜里铲出稻谷倒入化纤袋,直到装满一化纤袋。化纤袋原来是盛装尿素、碳铵、复合肥的,施完肥后,人们会把化纤袋清洗干净后拿回家装稻谷。

父亲铲满五袋稻谷,拎着袋口,抚了抚,再腾出袋沿,然后扎袋口。

我天真地问父亲:"我也在从事农活,算家里的壮劳力吧?"

父亲憨笑地点头:"做农民辛苦,靠力气吃饭,你是家里的七分工。"

我疑惑,对"七分工"有着不解之意。

父亲告诉我,原来生产队里干活记工分,最高十分,七分算壮劳力了。

我开心地感觉自己长大,能为家里分担体力活了。

父亲把手拉车车尾搁置在石阶沿上,车子的两个支脚落地,车子与阶沿齐平,然后,把谷子一袋一袋地从屋里背出来,放在手拉车上。不用系绳绑住谷袋,只要放平整即可。因为量少两边装上护栏板,就可以稳稳地拉去碾米。去之前还不忘带上几个干净的袋子,垫在手拉车底部,用来装碾好的米。

父亲在前面拉,我跟在后面扶着车拦板,一口气拉到了碾米坊,中途也没有休息。一路上,会碰到许多熟悉的村民,他们一看到这副行头,准会说上一句:"轧谷去哦。"碾米坊门外机器声"隆隆隆"地响个不停,碾米坊内青石板铺地,老式廊柱与横梁架构,空间很大,里面飘扬着碾米造成的灰尘,连廊柱横梁上

轧　谷

都积着厚厚的灰尘。

陆国兵的老婆熟练地操作着碾米的机器,她戴着一顶盖住耳朵的帆布帽,一边交换谷箩,一边撸着机器后面鼓着气的糠袋,还与旁边整理袋子的户主交流出米率:一百斤谷子出米七十斤,七折。父亲把手拉车刚停稳,前面一个村民就碾好了。父亲卸下沉重的谷袋,把它们整齐地倚靠在廊柱上,等待国兵老婆的"指挥":关掉机器、清扫地面、清理残谷和谷糠。紧接着又有几户村民拉来了谷子,依次排队等着轧谷。

待清理完后,父亲把谷子倒入碾米机器的铁斗里。随后,国兵老婆推上电闸,谷子随着机器声音,仿佛涓涓细流般地滚下来,经过机器内部处理,谷子与壳分离了,谷变成了米。

第一次是糙米,米粒上黏附着黑黑的一层。把糙米再一次倒回铁斗进行剥离,这次国兵老婆事先在机器上微调了一下出米的卡箍,米变白了。她时不时地用手去接米口的米,查看是否还有杂质、碎米等。我好奇地学着她去接米,换来父亲的一句警告:"危险,不要伸手。"父亲生怕我的手被机器伤到。

出米口放了两个箩,一个接干净的米,另一个接碎米。碾米器的出米口有筛子,会把碾出来的米进行筛选,区分完整的米粒与碎米。碾米机器后面连接着一个圆柱形的大布袋,是用来接谷糠的,当前面出米的时候,后面的大布袋鼓足了气,像极了一位挺着肚子的将军横躺在地上。

　　这样循环两次,谷子变成了白白的大米。到了计算工钱的时候:不带走谷糠,可折算碾米工钱;如果把糠带走,就要付十元的加工费。我与父亲商量,决定将谷糠折算加工费。一来我们家里没有饲养大批家禽,二来回家的路上可以轻松一点。

　　我和父亲拉着碾好的米轻松地回家了,车上分量轻了不少,但心中的满足感增加了不少。

　　后来,耕种粮田的村民逐渐减少,碾米坊隔天开门,或一周逢单数开门。如今,碾米坊已经成为记忆,村民们不再去碾米坊轧谷了。

谷　柜

我的老家在一个绿树葱茏的山岙里，属于四明山支脉下的一个村落，有一方肥沃的粮田。二十世纪八十年代初，自实行分田到户政策后，家家户户有了自己承包的责任田，以种植双季水稻为主。满足了家庭口粮的同时，对稻谷买卖的支配已灵活许多。收获的粮食除一部分缴公粮，还可一部分存放在家里，作为一家人的口粮。

那时，家家户户把收获后晒干、扬净的稻谷，精心地藏在自家谷柜里。谷柜是一个家庭必不可少的"小粮仓"，每户人家都会邀请木匠师傅敲一个谷柜。谷柜有正方体，有长方体，大多用枕芯拼角，盖板或栏板可装卸，一块块木板组合灵便，像横放的排门与渠道拦水闸门。还有用竹席箍圈叫"领"的,做成圆柱形的小储粮垛。后来,有了白铁皮做的"小粮仓"。

因为那时保粮设备差,仓储简陋,会招来许多老鼠光顾,老鼠会把谷柜的底角咬穿孔。经常会发现地上积起一堆塔状的木屑,周围砻糠一塌糊涂,家里简直变成"晒谷场"。有时老鼠会把稻谷偷到自己的"仓库"——洞穴去,谷物散落一地,老鼠跑过的痕迹虚实相间,规则无序,让人束手无策。于是,父亲用钢卷尺量好尺寸,找来废弃的铁皮,在谷柜四角容易被咬破的部分打上补丁。看来老爸与老鼠是经过一番斗智斗勇的,这样老鼠就很难再啃食了,谷柜里的谷子也就保住了。所以,我父亲一提到"谷"字,首先想到的是"谷柜"。

父亲真心爱着这口谷柜。因为它是家里的"粮仓",保障家里的粮食安全。江南多阴雨天气,由于室内外温差大,导致地面泛潮,墙面湿漉漉的,家里的各种木材家具经常受潮,会霉烂变形。为了谷柜不受潮腐烂,父亲用砖块垫起谷柜四角,让谷柜与地面保持距离,与墙面隔开,这样干燥多了。父亲也会细心地在谷柜上方的盖板上盖一张尼龙薄膜,防止灰尘和潮气侵袭、污染谷柜里的谷物。

在收割夏粮前,轧完谷柜里最后一柜晚稻谷,父亲费劲地将谷柜扛出,一节一节地拆开,斜放在阶沿晒太阳。还清理出

谷　柜

谷柜缝隙里的残稻和害虫(谷蠹、谷盗、玉米象等)。然后用潮软的抹布擦拭着谷柜的每一个部位。同时,趁太阳高照暴晒谷柜,利用太阳光杀菌治虫。还要把握晒柜时间,因为暴晒过久松木板容易变形,导致回装时销眼对不准,而影响拼装。

如今,在农家很少见到这样的谷柜,谷柜陆续淡出人们的视线。现在藏粮有更科学的方法,农民再也不会请工匠造这样既笨重又占地方的谷柜了。

暖手炉

在物资匮乏时代，冬天里要是有只暖手炉相伴，那是一件多么幸福又温暖的事。的确，在那些粥瓮炖粥、火熜烘手、柴火生火、盐水瓶暖脚的记忆里，暖手炉是一件十分稀奇的物品。

1992年冬天，远房亲戚在东北参军，给我带来一个暖手炉。那时，暖手炉是东北人使用的，我们江南一带没有售卖。我拿到手时别提有多兴奋了，看着这新奇的东西，忙不迭地拆开来试个究竟。

暖手炉没有外包装，一个简单的圆形布袋包裹着炉子，另外配着一袋尼龙纸包起来的煤球，像桃核大小。煤球是特制的，比一般的煤更容易点燃。毫不起眼的几件东西，却组成了一只

暖手炉

工艺精巧、造型别致的暖手炉,至今我还记忆如新。

暖手炉很小巧,只有手掌大小。铝合金材质的外壳是天蓝色的,上下两瓣盒盖,形成一个圆柱体,圆柱体表面镂有梅花状的小孔,用来发散热量。金属内部上下层铺有石棉,石棉正中呈椭圆凹形,适合放煤球,炉沿用凹凸的圆轨旋转合缝,上瓣炉沿打制纽眼,用来锁紧炉子。

全棉布料的布袋是装炉子用的,尼龙绳编织成抽带缝在袋口,便于装取炉子时开口伸缩自如,把抽带勒紧后便可以挂在脖子上了。

暖手炉没有附着使用说明书,完全靠使用者自己的想象和尝试去使用。我在父亲的指导下研究它的用法。我从尼龙袋里取出桃核大小的煤球,用火钳夹着煤球放进父亲刚烧完饭的土灶灶膛里,试着用灶膛里的明火煨热煤球。当煤球表面闪着忽明忽暗的火星子时,将其取出来放到事先打开的炉子盒里。然后,顺着炉沿旋转,拧紧盖子,把暖手炉装入定制的布袋里,再勒紧抽带后挂在脖子上。

完成取热工序后,双手捧着炉子。这时,烟气透过炉子从布袋里微微冒出,大约过了五分钟,还觉得不暖和。我索性从布袋里把暖手炉取出,双手紧贴着炉子,还是不见热,而且连那一溜烟都没了。我旋开盖子一看,整个煤球小半发白,有一股淡淡的焦味,没有一丝燃烧的迹象。

于是,带着疑问请教一旁整理柴火的父亲。他接过炉子放在一边,用火钳夹着煤球再次伸进灶膛,在灶膛里添了块柴爿,把煤球放在柴爿上。一会儿煤球冒烟了,父亲时不时地夹着煤球在燃烧的柴爿间翻转,使煤球受热均匀,待煤球不再冒烟,球体通红时再取出放进暖手炉中。

大约过了六分钟,暖手炉不再冒烟,煤球通过石棉传输热量,炉体逐渐热了起来。我挂在脖子上,捧着暖手,手心手背翻转着烘,一直暖到了心里。

我想,要使炉子发热,也是一个技术活啊。这时,父亲说:"煤球受热必须均匀,就需要不停地翻转,煨火时间需适宜,就看球体颜色,不再冒烟即可。刚才用火钳夹住的两面没有燃尽,导致煤球进炉后熄火。"我捧着热乎乎的暖手炉颔首微笑。

那时候,冬天早晨,由于土灶没有来得及生火。我会在烧早餐前,先用煤气灶把煤球煨热,再将其放入暖手炉。吃完早饭,我挂着自己准备好的暖手炉去上学,同学们见了都十分羡慕,我会爽快地拿出来给同学们一起烘手。

冬天,有暖手炉陪伴,我的心里暖暖的。

棉鞋与陀螺

年少记忆中的冬天是萧瑟的,也是寒冷的。但在刺骨的寒风和纷扬的雪花中,我却时时感受到一阵阵温暖,那是亲情的力量。

1993年,我还在上小学的时候,一到冬天,母亲就拿出她纳了底的新棉鞋,让我穿得暖一些。紧实的鞋底用细棉绳手工缝制,针脚齐整,间隔有序。黑色灯芯绒鞋面中间有一个"鸭舌",鞋带交叉穿过铝扣眼。棉鞋非常结实,由于鞋底硬,走路时,一不留神还会打滑。无论刮风下雪,还是天晴下雨,我都会穿着这双棉鞋过冬,这可是我整个冬天唯一一双保暖的鞋。

正月里,走亲访友时,亲戚们见了都会说:"这双棉鞋像铜钟,簇簇新,穿着暖和。"我也只是笑笑。小孩总有那份顽皮劲儿,在雪地里揉雪球、堆雪人;在水缸里砸冰块;在屋檐下捅冰凌……棉鞋湿了是母亲最头疼的事,她会想尽一切办法除去鞋子的湿气。这时,母亲就把火钳架在刚烧完饭的灶口,上面放着棉鞋,然后不停地翻来覆去把棉鞋烘干,一不小心还会烘焦棉鞋。

  渐渐地,随着大家经济条件变好,我看着周围的同学穿上了"旅游鞋"。那款式新颖、双层纤维、橡胶鞋底、保暖又防滑的旅游鞋,让我十分羡慕。下课时,我会不动声色地靠近同学,看一眼鞋子的品牌和样式,心想这样的鞋子穿着肯定很舒服,走起路来特有劲,我多希望也拥有这样的鞋子。于是,回到家,把这件事情告诉了母亲。母亲好像有些为难,看着我说:"你的鞋子还没破,穿着还合适,等明年过年给你买一双。"我沉默了,思忖也是,这双鞋子要比刚穿上的时候更合脚。从此,我再也没有在母亲面前提起买鞋子的事。

  后来,到五年级的时候,母亲花五十八元给我买了一双蓝色鞋面、白色鞋底、皮质鞋边的旅游鞋。欣喜之余,我很爱惜这双鞋子,只有走亲戚时才会穿上心爱的鞋子。下雨天,我走路会很小心,尽量避开水坑。穿完小心地装进鞋盒,放在床底。尽管这双鞋子离开我已经三十年,我再也见不到它的样子,但母亲把这双簇新的旅游鞋放在我的面前的那一刻,深深镌刻在我的记忆里。

二十世纪九十年代,一般家庭很少用电器设备取暖。电热板、取暖器、空调等家用电器昂贵,耗电量大,很多家庭舍不得用。对我来说这些取暖设备离我很遥远,因为小孩子顽皮好动,打乒乓球、跳绳、跳橡皮筋、打陀螺,都会把寒气赶得无影无踪。

父亲很能干,家里的泥石墙上挂满了大大小小的锯子,好似一张张战功赫赫的奖状。父亲常给我做陀螺。锯一段松木,底部削尖,成陀螺形状,再在底部尖处钻个小孔,嵌入一颗黄豆大的铁弹珠就算完成了。每次在嵌入弹珠前,父亲会在钻好的孔里放点盐。我好奇地问他放盐的原因,父亲笑着说:"让铁弹珠生锈,才能镶嵌得牢固。"然后,父亲会骑车到镇上四处找补胎车行,东托西讨,把废旧轮胎皮拿回家。再从轮胎皮上剥下来皮带丝拴在竹棒上,最后用皮带丝用力抽打陀螺,陀螺就会旋转起来。

我忘不了棉鞋与陀螺,更忘不了那段美好的时光。

报　答

月是故乡明，水是家乡甜。那个少小离家，在外打拼获得成功的陆章铨先生恭敬桑梓，为改造村容村貌，提升乡村的商业品位，促进经济发展，计划建造一家五星级酒店。但是在这样的小山村里建造酒店，能经营得"出山"吗？他的设想遭到家人们的一致反对。在穷乡僻壤的小山村建造五星级酒店，生意从哪里来？员工到哪里找？简直是会"赔了夫人又折兵"的事情。他年事已高的父亲得知这个消息后，也当场否定，且狠狠地数落了他一顿，并发话，即使要开发建造酒店，也要另选地点，绝不能在十五岙这样的地方。

从小好强不服输的陆章铨十分懊恼，整夜辗转反侧，彻夜难眠。他多次召开"家庭会议",但他的提议还是不能顺利通过。于是,他想出一个投票的办法来碰运气。但家庭成员十几人,投票结果是只有他本人一张赞成票。他的心情很纠结,可是他感受到家乡人的热切期待,心底里深知政府对他建造酒店的大力支持。于是,他"固执己见",自作主张拍板,并着手开展一系列的筹备工作。

首先是征收土地,进行报批。正当他紧锣密鼓制订建造酒店的方案时,又一项工作在推进过程中受阻。在征收土地时,当地许多土地承包村民反对。"那么好的土地,我们世代种下来的,一旦征用,怎能留得子孙耕?""土地征用后,我们收入哪里来?"一些村民怒气冲冲地说。因此,陆章铨主动与镇、村联系,还分别与涉地农户协商,提出好几套方案来满足村民愿望,给予合理补偿。

于是,镇政府、南雷村委成立筹建工作领导小组,对凡涉及土地征收的村民,挨家挨户上门做工作,并耐心细致地解答村民的提问。土地征收补偿有两种:一是货币安置,二是房屋安置。有个别不同意征收方案,一直不肯在征收土地协议上签字的村民,经过多次协商,向他们介绍山庄(酒店)建成后的发展前景后,还是得到了他们的充分理解,最终,村民们都支持土地征收。

2008年初秋,桩基声再次响彻整个山村。施工队一批又一批地开进小山村。工人们在脚手架上手持电焊机,溅出的火花四射;重型升降机上下自如,在工地上空奏出繁忙的建筑交响乐。时间在一锤一钉中流逝,墙体在一砖一瓦中升高。2020年春夏之交,经过两年多的建设,一幢花园式酒店拔地而起,集温泉、餐饮、住宿于一体的五星级酒店迎来开门营业,"阳明温泉山庄酒店"八个大字闪亮一新,迎接四面八方来客。

不久,山村里唯一通向外面的那条村道,开始车来车往十分忙碌。前来洽谈生意、旅游观光、度假娱乐的客人都入住酒店,连本村村民子女结婚都选择在阳明温泉山庄举行仪式,置办酒席。酒店生意好了,一方面带动了山村老百姓就业,另一方面引来了商机等,不仅拓展了当地村民就业之路,还带动了村民共同致富。

随着酒店日益兴旺,村道已经远远满足不了车辆通行。于是,村庄东面又新建了一条双向两车道的马路,缓解了村庄道路的交通压力。目前,每到节假日,酒店和村庄就会迎来各地络绎不绝的游客。

陆程洞的初心

"初心"一词最早源于佛教,意思是人间信仰的皈依,现在常常用来比作人们对生活最初的理想和愿望。陆程洞就是对生活怀揣着理想和希冀,有一颗充满阳光、敢于创业的炽热初心。

陆程洞是一名"九零"后,"985"大学视觉传达设计专业毕业,中共党员,地道的陆埠十五吞村人。2021年大学毕业后,她按自己所学的专业向城区几家专业对口的广告公司投送简历。不久后,广告公司纷纷向她抛出橄榄枝,争抢着,欢迎她去公司上班。其中有一位公司负责人说:"做传媒,需要专业的年轻人,"陆程洞既有年龄优势,又有对口的专业,符合信息时代发展需要。之后,她在余姚市兄弟广告发展有限公司上班,负责文案制作、美图编辑、运营"姚时光"传媒公众号等。她通过对余姚本地文化的细心观察和对名胜古迹的实地走访,撰写出许多关于当地历史故事、人物地标以及风俗民情的文章,吸引了众多粉丝的关注,阅读量、转载量一路飙升,宣传广告效益日益凸显。

年纪轻、头脑活,总有那么一颗蠢蠢欲动、"不安分的心"。在广告公司工作不久,陆程泂便辞去了她的美编工作,应聘去了慈溪一家大型文化活动策划公司当活动策划员,开始了余慈两地跑的漫漫路。偶尔,家人和亲戚们对她说:"别跑太远了,找个离家近、相对轻松点的工作即可,也不图赚大钱。""自从胜陆高架开通后,开车去慈溪也方便,二十分钟就能到家",陆程泂说:"年纪轻就要走出去闯闯,见见世面。"

但是,不安于现状的她,一直有一个自己创业的初心在萌动。仿佛有一个无形的投资机遇在召唤她,老家旁边的一爿农家乐经营得风生水起的画面在陆程泂脑海里闪过,引起了她对未来前景的向往和遐想。于是,她又辞职了。

陆程泂"前不怕狼,后不怕虎"。她开始整理思绪,谋划"出路",坚定初心,准备开一爿与千丈坑的农庄相仿的饮品店——咖啡馆。

思路决定出路，付出才有收获。"另起炉灶"做咖啡馆，父母一定会支持的。一番盘算和计划，陆程泂因陋就简，一边整理老屋边上的宅基地，规划设计咖啡馆的布局与建设；一边去城区某咖啡馆学习制作咖啡的技艺和销售经验。

陆程泂在老屋东面辟出长十多米、宽约三米的空地，开始平整场地、搭棚、种植花草、布置灯光；再对老屋南面的杂物间进行全面改造，打造营业吧台、制咖工坊，并对收银台进行装饰。为了营造清幽、惬意、自然的环境和氛围，她还利用废旧的缸、瓮在咖啡馆门口搭建起"高山流水"，水声潺潺，吸引着过往的顾客。长方形的咖啡馆里，石子铺地，条石砌桌，桌子四周放几把帆布休闲椅，简单的装饰撑起创业起航的风帆。陆程泂说："看似简单，装饰粗糙，定义为露营式的咖啡吧，符合现代时尚潮流。"因此，她把咖啡馆取名为"问野"。

从咖啡制作培训到咖啡馆建造，再到设备采购，馆内布置装饰，先后用了三个月时间。培训费三万元，馆体建造六万元，改造装修四万元，共计投资约十三万元。问野微咖馆正式营业了。

创业难啊，白手起家更难！

一开始，由于咖啡馆经营信息不对称，顾客对新开的店馆不熟悉，她便开通网店，打出广告，在网上售卖。在经营咖啡馆的同时，陆程泂不断研究配制和调试各种咖啡口味，尝试新品种，跟上年轻人的口味。此外，她还开通了咖啡馆公众号，进行推送购买套餐以及品牌宣传。通过各种渠道的推广宣传，她的咖啡馆渐渐经营得有声有色起来，公众号点击量节节攀升，定期优惠活动精彩纷呈，价格实惠，口味极佳。更令人欣慰的是来村里旅游休闲，体验农家乐的客人也会进咖啡馆坐坐，与三五亲朋好友一起聊聊天，喝上一杯咖啡。

问野咖啡馆日渐红火起来。陆程泂忙不过来的时候，双双退休的父母会给她搭把手，打扫一下卫生，清理一下咖啡桌，或招待一下顾客。她的父母看着进进出出的顾客，听着收款APP的语音说："阿拉阿泂有点忙。"忙得团团转的陆程泂抹了抹额头上的汗珠，骨子里透露着一股吃苦的精神与敢闯敢拼的狠劲。虽然忙碌且辛苦，但陆程泂也呕到了第一次创业的酸甜。

陆程泂打开心扉，捧着热乎乎的咖啡微笑着说："咖啡馆一方面可以引旺村里的人气，带来旅客流量，带动周围旅游服务业；另一方面也让我尝到了走自己的创业之路的味道。"我想，这就是陆程泂的初心吧？

小黄叔叔

　　与小黄叔叔成为邻居已经二十三年了。他个子不高，圆圆的脸蛋上常挂着甜甜的笑容，和蔼可亲。他穿着干净整洁，气质佳，显得十分年轻。连好多小朋友看到他的颜值，也都称呼他叔叔。其实他不能列入叔叔的"行列"，因为他已是当外公的年岁了。

　　黄永良叔叔热爱家庭，热爱生活。经常主动分担家务事，做饭洗涮、拖地抹灰，样样干，把家打扫得一尘不染，屋里屋外窗明几净，却从不言累。他总是闲不住，工作之余背起锄头去种地，在家附近的一块闲置地里种青菜、土豆、玉米，常常见他有收获。我们说他："介高身价，种这样低价的蔬菜，得不偿失。"可他乐呵呵地说:"锻炼身体,种出来的还是放心吃的绿色食品。"熟知他的人夸他"模范丈夫"。

小黄叔叔原来是一家集团公司里的财务总管,在岗位上干了三十年,为公司操了不少的心。现在,他在位于十五岙村北面的利宝来汽车部件有限公司担任会计主管。这家企业生产汽车零部件,年产值上亿,生产形势好,企业前景广阔,正处在快速发展成长时期。无论是财务人员设置,还是企业规范建制,他都竭尽全力为企业出谋划策。我时常看到他晚上在家里加班装凭证、订账册;又放弃自己的休息时间,跑机关,问政策。为了统计数据的准确性,他在企业老板与镇工贸办之间两头跑。他对工作认真负责,敬业竭虑,多次被评为企业优秀员工和陆埠镇工会工作先进个人。

小黄叔叔对会计业务是专业的,在许多关于账目的疑难问题上是"权威"。他还十分热心,乐于助人。当年轻会计不熟悉业务,向他求教时,他耐心施教,直到对方弄懂。曾经有一段时间我担任一个社团组织的出纳职务,当我在会计分录、账目处理上举棋不定时,总会想到小黄叔叔,请他远程指导,直至我顺利完成记账。虽然对他来说是小事情,但对于新手们来说解决了一桩难事。

2019年年末,新冠疫情始发,牵动了全国人民的心。当村里决定组织人员日夜设卡、测温时,小黄叔叔主动报名参加第一批由共产党员组成的防疫志愿者队伍。他毫不犹豫地说:"尽共产党员的一份责任。"当轮到值岗又遇工作日时,他提前向公司里请假或调班,从不离卡点,脱岗位。

我们住的是联排联建房,相互紧挨,好几户人家不设围墙,房屋连为一体。我们和小黄叔叔相邻,互帮互助。二十三年来没有红过脸、吵过嘴。我们空闲时,常互相串门坐坐,他看到我家桌上的菜肴时常说:"绿色食品,营养健康。"

2021年春夏之交,小黄叔叔的女儿要结婚了。他邀请我们全家参加他女儿的婚宴,还强调不许送礼。朝夕相处二十三年的好邻居,今天要嫁女儿了,当然开心。我们祝贺他完成了身为父母的一桩心愿,还叮嘱说:需要帮忙的,尽管说!我们和睦相处,亲如一家,每逢家有喜事大事,都会相聚在一起。上了年纪的父亲深有感触,他动情地对我说:"阿科,邻里一家亲。无论是2013年的'菲特'台风洪灾,还是2019年的新冠疫情,总让我们的心聚得更紧。"我听了频频点头:"是啊,幸福的日子手牵手。"邻居好,无价宝。邻居不是兄弟却胜似兄弟。

如今,小黄叔叔做外公了。他怀抱着外孙,慈祥的脸上洋溢着幸福的笑容。无论他年龄增长,身份变化,小黄叔叔会一直在我的脑海里。我想,这也印证了他的为人处世像他的名字一样 —— 黄永良,一直善良。

"玖月婚礼"

"玖月婚礼"是一家婚庆公司的名字。顾名思义,这个公司专门为新人定制婚礼套餐,提供司仪、场地布置、婚礼策划等服务,是一个时尚摩登的新兴行业。

玖月婚礼公司的创办人陆承涛,十五岙村的小伙子,一个"九零"后,今年二十八岁,浙江育英职业技术学院毕业,中共党员。毕业后,他通过婚庆方面的培训后,就从事婚庆行业。

是对新兴行业的敏感,还是抱着试试看的态度创办婚庆公司?陆承涛选择在十五岙甬梁线南首,将两间大门朝公路的二层自建房作为公司场地。他整理出一楼的两间堂前进行装饰,摆上一张办公桌、一台笔记本电脑、几把法式软座椅,还有一台用来投影的电视机,南面墙壁上粘贴着拼搭的麋鹿头像装饰,又在外墙门面上方竖起"玖月婚礼策划"广告牌,再在屋顶天沟沿焊一个硕大的"玖月婚礼"灯箱,每当天暗时分,灯光如约闪亮。

2017年9月1日,陆承涛的婚庆公司正式营业。他说,九月是开学季,也是寓意一个新的开始,故名"玖月"。

起初,从农村里的小场头做起,本村村民子女结婚了,去给婚礼家宴搭个简易背景棚,立个充气拱门。大家知道,婚礼也是有季节性的。碰到婚礼集中期,结婚的新人多了,进场撤场忙得不可开交,要日夜连轴转地布置场地、安放充气拱门。有时,他让父亲搭把手,一起安装铁架、搭建舞台。

由于自建房地理位置好,面朝车来人往的省道,婚礼广告牌赫然醒目。渐渐地,有许多新人主动上门询价,也有他同学、朋友介绍过来的,迎来了一波波上门生意。

年轻小伙陆承涛做事勤快,为人实诚,价格实惠,策划精致。策划布置的每一场婚礼都充满欢乐的喜气和满满的仪式感,给一对对新人留下了深刻记忆,赢得不少顾客点赞和夸奖。因此,他也慢慢地积累了许多策划技巧和主持经验,婚庆公司渐入佳境。

陆承涛说:"随着时代变迁,人们会越来越注重仪式感。结婚是人生大事，需要既浪漫又喜庆的仪式，因此，做婚庆有广阔的前景"。他有这样的想法，愈加不满足现状。于是，一年后，他在余姚城区繁华地段（老火车站）附近租了带阁楼的两间店面，开起了分店，开始向更宽领域、更大市场、更广地域进军，开启了高端婚礼精品策划之路。

在余姚分店开业之际，他举办了一场新老顾客答谢会，搭起绚丽舞台，宣传婚礼策划项目，赠送伴手礼以及畅谈未来婚礼策划的新图景，赢得众多亲朋好友和路人的关注与捧场。接下来，他把营销广告做到周边县市区，把婚礼策划推进余姚各大星级酒店，与酒店合作，以婚宴婚礼一体化营销模式，策划高端大气的婚礼活动，让新人仪式感、获得感爆棚。

陆承涛淘到了第一桶金。年轻人总有那股积极向上的拼劲，他在婚礼策划市场屡战屡胜，越战越勇。然后，他着手组建了一支婚礼策划团队，成员八人，分工明确，环环相扣。摄像灯光、双机快剪、主持司仪、钢架搭建等都由专人负责，团队阵容强大，策划事必尽善，逐渐在余姚婚礼策划界占有一席之地。每一场婚礼，陆承涛都认真策划，精心布置，不论大小场头，都制作图表、文案与客户对接沟通，把婚礼活动做得尽善尽美。有时为了赶工时，他顾不上吃饭，为了满足顾客时间需求，经常布置场地到深夜。

陆承涛开着奔驰轿车忙碌奔波,生意订单接踵而至,一年的营销额也是一个不小的数字。他说:"做婚礼也有淡旺季和大小年之分,忙的时候,要婉拒好几场婚礼""淡季的时候,我到处'取经',顺应时代变化,不断学习时尚元素,尽量做到不闲着。"

他是村里第一个创办婚庆公司的,也带动了村里许多小伙子效仿,村里接二连三地办起婚礼策划服务公司,志同道合的青年共同走上了创业致富路。

春江水暖鸭先知

经济发展提档增速，工业化进程不断加快，国家密集出台淘汰落后产能工厂、扶持新型科技企业政策。由于产品技术含量低，出不了创新高端产品，而且单靠人工生产已挣不了"苦铜钿"，利润低，发展前景无望，村里一些低、小、散、乱的五金小作坊已经不能适应当下发展，小企业陆续"关、停、并、转"，村民们开始寻找新的路子。

一些起步早、生产能力强、业务量大、销路广的工厂，在前期淘到了第一桶金，犹如滚大了的雪球，顺利生存下来；一些"小打小闹"的家庭式作坊都纷纷关闭。前者凤凰涅槃，转型升级，采用机器换人，扩大企业规模，提高生产效率，离开村庄，向外买地建厂房。后者用积攒的资本另谋出路,或外出开店,或经营小餐馆……重新开启"再就业,再创业"的模式。

邵富连是当地独辟蹊径之人。他是十五岙村人,早先在余姚办企业,看到家乡旅游业发展势头良好,就回到村里开起了第一爿农家乐。他把老旧房屋改造修缮,建造竹木结构的亭子,引入千丈坑山泉水,小桥流水潺潺,转角处设花坛假山,营造天然绿地,环保原生态气息,白墙黑瓦的屋檐上挂起红灯笼,还有农家乐后厨飘来阵阵土菜的香味儿,一爿地方特色浓厚、古韵味十足的农家餐馆应运而生。邵富连招来本村村民,在他的农家乐餐馆里就业,年纪大的员工洗菜、配菜,年轻的引路、上菜,有的中年男子则指挥管理来客车辆,服务工作安排得有条不紊。这里的员工阿莲说:"现在国家政策好,不仅每月有养老金,还能在家门口淘淘洗洗,再就业。"

自从开了农家乐餐馆以后,邵富连一边打理餐饮内部事务,一边向外宣传招徕顾客,忙得不亦乐乎。一开始,只有五个包厢,加上一个大厅,生意不算火爆,正好接待一天的人流量。渐渐地,由于农家菜价格实惠,又符合大众口味,游客一波接一波,因此,他又加设十八个包厢加一个大厅,一共二十八张桌。之后,他又在餐馆门口贴出招聘公告,继续招聘工作人员,生意一天比一天火爆。目前,千丈坑农庄占地面积约十亩,总投入达一千余万元。

  办好农家乐，走向共富路。头脑活络的村民纷纷模仿。他们腾出自家的天井、道地、阁楼，改造装修，并挂出招牌，张贴广告，经营起农家土菜馆。这种休闲旅游式的农家餐馆广受游客青睐，前来品尝农家菜的游客络绎不绝。也许是他们善经营、会管理，也许是乡村振兴发展趋势，村里大大小小的农家乐开了十多家。

  乡村农家乐经营得风生水起。邵富连说，如今乡村旅游越来越旺，农家乐也越来越火。自从胜陆公路开通后，农庄里的生意更好了，来了很多新客。"借地理区位优势，我们要抓住机遇，提档升级，做好陆埠农家乐的领跑者！"邵富连满怀信心地说。

后　记

　　斑斓清秋，思绪荡漾；岁月更替，万物皆喜；回忆往事，吾爱吾乡。燠热的夏季过后，蝉渐渐停止了声嘶力竭的鸣叫，树叶开始泛黄了。哦，好一个秋啊！为如约而至的四季自然贴上了标签。这时，泛红的枫叶追随着四明秋风，飘落在十五岙村的弄堂巷尾，并沙沙作响。犹如我手握的笔尖落在洁白稿纸上摩擦出的声音，构成一个个质朴而隽永的文字，抒写记忆中老家十五岙每一寸土地上的诗篇。

　　十五岙是我的老家，是我出生的地方。那里有我童年的记忆和成长的喜悦，那里有我默默无闻、勤劳善良的父母和像我父母一样辛勤劳作、艰苦创业、饱经世故的父老乡亲。每当在这个让人感念、思绪澎湃的季节里,我总会深情地凝望家乡,想念家乡,想念家乡的父老乡亲和历历往事。这时,深爱家乡的情怀油然而生。

2023年秋天,对我来说是一个收获丰硕的季节,我用心用情创作的这部作品被列入2023—2024年度宁波市青年文艺人才"春蕾计划"创作扶持项目和2023年度余姚市文艺精品工程重点项目,现在,也即将结集出版,我感到无比欣喜与激动。这是我人生中创作出版的第一部作品,一部书写家乡人民生活发展变化与村庄面貌焕然一新的作品。讲述了过去村里人的生产生活、村容村貌、人文情怀、建筑地标、土地山溪以及村民们的生活习惯等内容。我想通过一个个鲜活的人物、一件件老物件以及我小时候的所见所闻和亲身经历的事件,向大家展示农村发展变化和村民生活水平不断提高的新景象。

如果说改革开放是一个时代的大潮流,那么十五岙村的人与事则是一朵朵浪花,折射出大时代中太阳的光和色。我在老家生活了二十八年,对那里的山山水水、风俗人情、历史底蕴都十分熟稔。可以说我最好的年华在老家度过,对家乡充满了感恩与念想。在我眼里,老家的山水和草木灵动、可爱,十五岙人勤劳、淳朴,在日出而作、日落而息中有追求美好生活的执着和勇气。他们疲惫的脸上常带着灿烂的笑容,对未来充满无限希

后 记

冀。因此，我对老家有了一种割舍不断的情愫，村民们的勤劳、善良、包容、爱心深入我的骨髓，融入我的血脉。

我与家乡的情结，就像树永远与根连在一起。

我是农民的儿子，出身农家，生活在农村。我向父亲学习拔秧、种田，模仿母亲烧灶、洗碗、舀汤灌水。小时候，我常常跟着父亲去田畈里劳动，他种田，我递秧苗；他割稻，我捧稻；他掏地剜孔，我投放种子。因此，这些生活的种种为写好这部作品提供了鲜活的素材，是至关重要的灵感来源。书中文章大多以过去的劳动生活场景为切入口，叙写村民们田间劳作的艰辛与生活的不易。较长篇幅写了我家里的人和事，比如爷爷奶奶、父亲母亲以及我幼年时代的生活。因为这是我亲身经历的，印象非常深刻，可以把细节写得更细，故事写得更真，表达出内心的真挚情感。

农村的基本经济框架和村民生产生活都大同小异，随着春潮涌动，不可同日而语了。十五岙村人的生活面貌发生了翻天覆地的变化，村民们努力发展"小农"经济的同时，也对商业、工业，以及现代农业进行了探索与尝试。比如我们村原本以集体劳动、经营农田、种植水稻为主，转向种植经济作物，外加打零工发展。后来分田到户，村民们有了自家承包田，劳力支配更自由，从事工商业的增多，不久农业成了"副业"。村民纷纷办起了小五金厂,有的就近在工厂上班,有的经商贩运搞买卖。村里各行各业发展逐日新,种养产业、汽车配件五金厂、农旅餐饮服务业做得红红火火。

  为了使作品更具真实性、可读性,我采访当地村民,坐下来听他们的声音,一起讨论阿拉村里的新面貌。我采访了办五金厂获得成功的袁家章、茶叶加工老板陆友东,把他们艰苦创业经历、人生追求、理想抱负及成功后的喜悦心情挖掘出来,真是不容易。

  文字需要精心打磨,甚至推倒重来,才能成就一部深受读者喜爱的精品力作。前期三易其稿,有好几篇文章删除了。因为,我去寻找文中人物进行核实时被婉拒了。这导致我写出的文字失去了真实性和准确性。这也是我写作的一道分水岭,是文学创作路上的一只"拦路虎"。是停笔还是继续前行?我暗下决心,坚定意志。心想,既然已经跨出第一步了,就不能半途而废。此后,我克服"厌战"情绪和浮躁心理,打趴了"拦路虎",经过两百多个日夜的奋斗,终于完成了这部拙作。

  我终于能看到自己稚嫩的文字付梓,虽然文字仍不老练,也不华丽优美,但我对这部作品充满信心,因为我为之倾注了大量的心血。每当夜幕降临,我吃完晚饭,打开笔记本电脑,跟随脑海里的构思敲击键盘,一直伏案到深夜,键盘敲击声融入了我纯粹的内心。每逢双休日,我都会去老家找素材、访村民,

后 记

常伴着熹微天光翻看采访记录，文思来临时，赶紧下笔，生怕遗忘每一个细节。

这本书的出版归功于余姚市委宣传部领导、文学名家、村民和家人朋友的支持与帮助。在此，我要真诚感谢市委宣传部给我提供出版机会，这为创作这部作品注入强大能量，使我信心百倍地去完成这部作品；感谢谢志强老师给予我写作的指导和点拨；我还要感谢我的父亲，虽然我看到过和经历过农耕、种田的情景，但因年久有些淡忘，每当我困惑的时候，或者对过去的人、事不是那么熟悉的时候，我会去问问父亲，他会耐心细致地给我讲故事原委，不厌其烦地给我细述古村的历史渊源、人物脉络。完稿后，我先后三次请父亲对文稿中的时间节点、故事原委和村民生活习惯等进行修改并提出想法，才使得书稿得以完整、准确、全面。

这本书的出版是对我文学水平的一次深度校验，也给了我写作的动力，增强了文学创作的信心。虽然我的文字拙朴、稚嫩，但我袒露，这是我心无旁骛、一心一意创作出来的。我诚挚地希望广大读者能喜欢这部拙作，也恳请读者们多多批评指正。

2023 年 10 月